KB110823

나의
미러클 두산

나의
미러클 두산

초판 1쇄 발행 | 2019년 12월 27일
초판 2쇄 발행 | 2020년 1월 3일

지은이 | 김 식
펴낸이 | 박영욱
펴낸곳 | 북오션

편 집 | 이상모
마케팅 | 최석진
디자인 | 서정희 · 민영선

주 소 | 서울시 마포구 월드컵로 14길 62
이메일 | bookocean@naver.com
네이버포스트 | post.naver.com/bookocean
페이스북 | facebook.com/bookocean.book
인스타그램 | instagram.com/bookocean777
전 화 | 편집문의: 02-325-9172 영업문의: 02-322-6709
팩 스 | 02-3143-3964

출판신고번호 | 제313-2007-000197호

ISBN 978-89-6799-507-2 (03810)

이 도서의 국립중앙도서관 출판예정도서목록(CIP)은 서지정보유통지원시스템
홈페이지(http://seoji.nl.go.kr)와 국가자료공동목록시스템
(http://www.nl.go.kr/kolisnet)에서 이용하실 수 있습니다.
(CIP제어번호: CIP2019048461)

놀 놀 놀 놀 것과 놀라움이 가득한 글 놀이터

나의 미러클 두산

김 식 지음

북오션

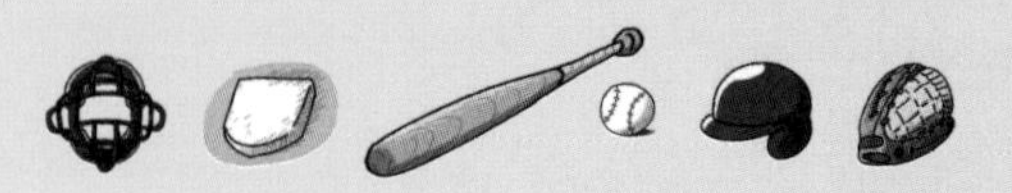

first pitch 어우두

"아빠, 나는 야구가 좋아."

아들이 말했다.

"우리 아들, 역시 아빠를 닮았구나."

아빠는 흐뭇했다.

"나, 어느 팀 팬 할까?"

아들이 물었다.

"두산 베어스 팬 어때?"

아빠가 답했다.

"왜?"

"그게 아마 건강에 좋을 거야."

"응?"

"그런 게 있어. 나중에 크면 알 거야."

아빠와 아들의 대화는 이렇게 끝났다.

난 아들이 없으므로 내 이야기는 아니다. 나와 가까운 선배, 그리고 그의 아들의 티키타카였다.

두산 베어스가 웅담이라도 주는 게 아닌데 건강에 좋을 이유는 또 뭐냐고? 이렇게 묻는다면 당신은 두산 팬이 아니다.

야구를 왜 좋아하는가? 그 이유는 수만 가지일 테지만, 크게 보면 야구를 보며 즐겁기 위해서다.

그렇다면 야구 팬은 모두 즐거운가? 져도 좋은가? 늘 행복한가?

그렇다면 야구장에서 통한의 눈물을 흘리는 이들은? 인터넷에다 분노를 배설하는 이들은? 내가 어느 팀 팬이라고 차마 말하지 못하는 이들은?

해마다 챔피언은 단 한 팀만 나온다. 우승 팀의 승률은 60퍼센트 정도. 그러니까 40퍼센트의 확률로 팬들은 쓰디쓴 패배를 맛본다. '팬질'도 쉬운 게 아니다.

나의 선배는 아들의 건강을 그래서 염려한 것이다. 선배도 야구 팬이었다. 기자가 되어서는 20년 가까이

야구를 취재했다. 오랜 세월 보고 느낀 지혜를 전한 것이다. 아들이 건강하고 행복하길 바라는 아빠의 애틋한 마음이었다.

아들들이 대부분 그렇듯 녀석은 아빠 말을 듣지 않았다. 아들들이 대부분 그렇듯 답을 정해놓고 물어본 것뿐이었다. 그나마 아직 어리고 착한 아들이어서 아빠의 허락을 받고 싶었던 것뿐이다.

아들은 결국 다른 팀을 응원했다. 그 사이 두산은 세 번이나 한국시리즈 우승을 차지했다. 속상해하는 아들을 보며 아빠는 자식 이기는 부모는 없다고 탄식했다.

이번에는 어린 시절 내 이야기다.

큰아버지 댁에 놀러 간 어느 날, 나는 두 사촌형들에게 둘러싸였다. 큰형은 빨간 색 잠바를 입었던 걸로 기억한다.

그때 나에게 가장 무서운 사람이었던 큰형이 말했다.

"너 이제부터 해태 좋아하는 거다. 안 그러면 죽을 줄 알아!"

형이 입은 건 해태 타이거즈의 어린이 회원 잠바였다.

"응. 알았어."

난 별로 망설이지 않고 대답했다. 어린 나이였지만 죽음이 얼마나 무서운 건지 모르지 않았기 때문이다.

잠시 후 작은 형이 날 불렀다.

"OB 팬 하는 게 좋을걸?"

"싫은데?"

작은형은 그때나 지금이나 별로 위협적이지 않다.

"왜 싫어?"

"난 MBC 청룡 팬이야."

그때 난 MBC 청룡 허리띠를 갖고 있었던 걸로 기억한다. 지금 생각해 보면 난 MBC 어린이 회원이 아니었던 것 같다. 다만 허리띠 하나를 어디선가 얻었을 뿐이다. 그걸로 난 MBC 팬이라고 생각했다.

그게 뭐 대수인가. 누가 누구를 좋아하는 데에는 그리 거창한 이유가 필요한 게 아니다.

큰형과 달리 작은형은 나에게 아무것도 강요하지 않았다. 착하고 순진하기 짝이 없던 난 시키는 대로 해태 팬이 됐다.

1980년대와 90년대는 해태의 시대였다. 그들이 워낙 강했기에 야구 보는 게 아주 재미있었다. 큰형의 해태 사랑은 금세 식었지만 난 몇 년 더 응원했다.

그래도 작은형을 만나면 OB 얘기를 했다. 팀 이름이 바뀐 1999년부터는 두산 이야기를 했다. 좋아하던 두산 선수들이 은퇴하거나, 다른 팀으로 떠나도 형은 두산 야구만 봤다.

작은형은 한때 골프에 푹 빠졌다. 그때도 두산 이야기를 했다, 두산의 외국인 타자 타이론 우즈를 '골프 황제' 타이거 우즈보다 더 좋아했다. 참으로 건강하고 즐거운 '팬질'을 38년째 하고 있다.

두산 이야기를 출간하자는 제안을 받고서 난 작은형이 가장 먼저 떠올랐다. 형이 좋아할 글이라면 다른 팬들도 그럴 것 같았다.

그런데 무엇을, 어떻게 쓰지?

난 더 이상 야구 팬이 아닌데(라고 주장해야 한다), 특정 구단의 팬은 더더욱 아닌데(라고 말해야 한다), 야구를 취재하는 기자로서 객관적이며 공정해야 하는데(라고 써야 한다)…….

고민 끝에 타협점을 찾았다. 1982년부터 두산 팬이었던 작은형의 추억과 마음, 2001년부터 두산을 취재했던 나의 시선과 생각을 섞었다.

그리고 두산 구단과 선수단, 팬들을 직접 만나서 물었다. 딱딱한 인터뷰가 아니라 편안한 수다였다.

먼저 30년 동안 한 번도 묻지 않은 것들을 작은형에게 질문했다. 형은 아련한 기억을 더듬었다. 소년의 마음에 불을 당긴 것들을 떠올렸다.

"시작은 별거 아니었어. 1982년부터 3년 동안 OB 연고지가 충청도였잖아. 그때 난 청주에서 살았는데, OB가 가끔 대전이 아닌 청주에서 홈 경기를 했지. 친구들이랑 무작정 야구장엘 갔어.

그때 OB 잠바 기억나니? 몸통은 빨간색, 소매는 흰색이었지. 소매에는 3색(빨간색-남색-빨간색) 라인이 있었어. 아, 어찌나 멋지던지. 그거 입은 친구들이 얼마나 부럽던지. 3색 라인이 들어간 모자는 지금 봐도 정말 멋있어.

또 OB 마스코트 기억나? 맞아, 맞아. 3색 모자 쓰고 방망이 든 남색 곰 말이야. 씨익 웃고 있는 그 입매 기억나느냔 말이야. 그게 난 그렇게 귀엽더라고. OB 마스코트 그림을 수백 번 그렸을걸? 지금 봐도 하나도 안 촌스러워.

청주에서 서울로 이사 왔던 1985년, OB도 서울로 오더라고. 정말 신났었지. 그래, 시작은 그게 다야. 특별하거나 대단할 건 없지. 마음이 그런 거 아니겠어?

우연처럼 시작할 수 있지만, 우연이 계속될 순 없잖아? 나는 그 후로도 운명처럼 두산을 좋아했어. 왜냐고? 한 번도 날 실망시킨 적이 없거든. 우승을 못해도 '어우두(어차피 우리는 두산)'야.

두산은 1982년 프로야구 첫 한국시리즈에서 우승한 뒤 1995년 두 번째 우승을 했지. 성적만 놓고 보면 특출할 게 없는 팀이었지. 팬들은 계속 응원했어. 우리가 봐도 전력이 강하지 않았거든. 그래도 선수들이 정말 열심히 하더라고. 거기에 감동했던 것 같아.

21세기는 두산의 시대야. 2001년 우승을 시작으로 늘 상위권이었잖아. 2015년부터는 5년 연속 한국시리즈에 올랐고, 그 가운데 세 번 우승했지.

지금 두산 선수들이 가장 강해? 아니면 연봉이 가장 높아? 베테랑들이 많아? 아니야, 아니라고.

그런데 두산은 가장 강해. 가장 효율적이야. 오늘 지더라도 내일은 이길 것 같은 팀이야. 그게 사실이잖아.

네가 선수라면 어떤 팀에서 뛰고 싶어? 배울 게 많고, 언제나 우승할 수 있는 팀 아니야?

네가 팬이라면 어떤 팀을 응원하고 싶어? 선수들이 절대 포기하지 않는, 똘똘 뭉친 팀 아니야?

네가 구단주라면 어떤 팀을 갖고 싶어? 투자 대비 성과가 높고, 역사와 미래를 모두 가진 팀 아니야?

어때? 설명이 더 필요해?"

아, 30년 전에 작은형 말을 들었어야 했나?

Miracle Doosan Bears

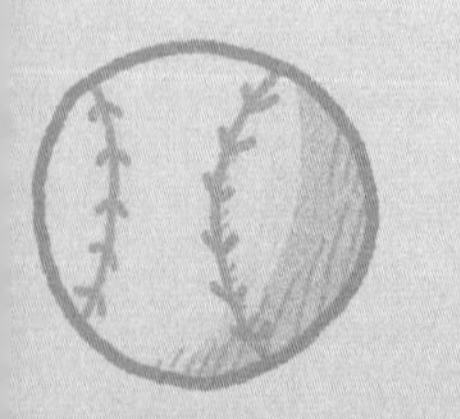
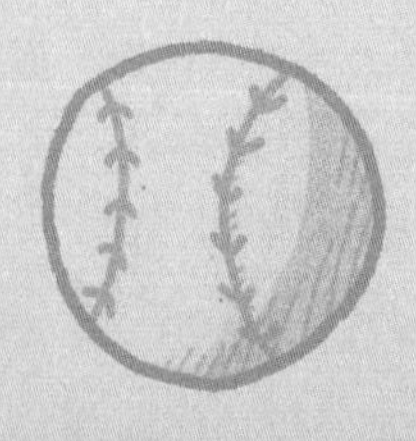

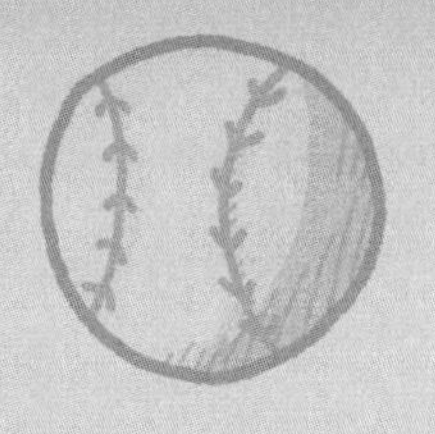
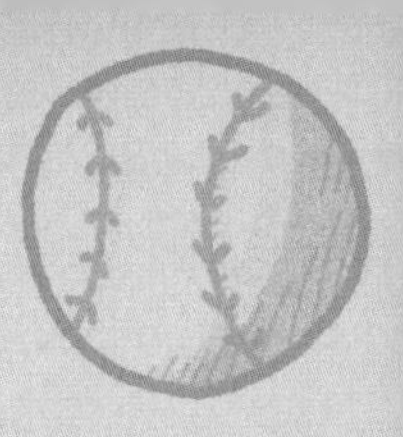

차례

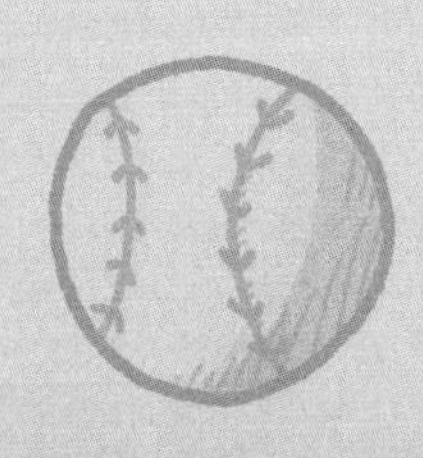

1ST INNING
팬질 하는 맛

BASEBALL TOURNAMENT

2019년 10월 26일. 두산 베어스가 한국시리즈 4차전 승리로 우승을 차지한 날이다. 서울 고척스카이돔은 눈물 바다였다.

경기가 끝나자 오재원 선수가 글러브에 얼굴을 파묻었다. 그가 좀처럼 보인 적 없는 남자의 눈물. (그러나 그는 나중에 울지 않았다고 주장했다. 태어날 때 빼놓고 울어본 적이 없다고 우겼다.) 오재원 선수는 그라운드에서 동료들과 함께 웃고 울었다.

4차전에서 결승타를 때리며 최우수선수(MVP)로 선정된 오재원 선수는 관중석 앞에서 방송 인터뷰를 했다. 팬들은 우승에 취해 있었다. 관중석에서 응원가를 목이 터져라 노래했다. 인터뷰는 관중석을 바라보며 진행됐다. 팬들에게 한 말씀 해달라는 질문을 받았다.

오재원 선수는 첫마디를 시작하기 전부터 감정에 북받쳐 있었다.

"너무 감사드립니다. 두산 유니폼을 입고 있을 때 최선을 다하지 않은 적이 없었습니다. 끝까지 응원해주신 팬들께 감사드리고. 제가 어떻게 되든지, 오늘은 제 평생 잊지 못할 기억입니다. 오늘 하루만 보고 2년을 버텼고, 앞으로도 최선을 다해서 (출전) 기회를 받고, 야구를 그만 두는 날까지 후회 없도록 하겠습니다."

울음을 삼켰다가 다시 내뱉기를 몇 번. 그는 짧은 말을 통해서 진솔한 미안함과 감사함이 뒤섞인 복잡한 진심을 전했다. (그러나 오재원 선수는 이것도 연출이라고 주장했다. 정말 이게 연기라면 그에게 남우주연상을 줘야 한다.)

두산 팬들은 오재원 선수의 인터뷰를 보고 함께 울었다. 멋진 우승을 이루었는데도 웃음이 짧고 울음이 긴 이유를 오재원 선수도, 팬들도 알았다.

오재원 선수는 2019년 정규시즌 1할 타자였다. 시즌 초 타격 부진에 빠졌을 때 언젠가는 극복할 거라고 그도 팬도 생각했다. 4월에 보름 동안 퓨처스(2군)리그에 다녀왔지만 나아지지 않았다. 결국 오재원 선수의 타율은 0.164로 끝났다.

보통 선수가 이런 성적을 냈다면 1군에서 뛰지 못했을 것이다. 만 34세 베테랑이 퓨처스리그에서 새로 배울 건 거의 없다. 충분히 쉬고 기분전환을 하는 게 대부분이다.

그래도 또 부진하면? 은퇴 위기에 몰릴 수 있다. 퓨처스리그에 있다고 미래가 보장된 건 아니다. 노장에게는 더더욱 그렇다.

극도로 부진한 선수가 1군에 있으면 다른 누군가의 자리를 빼앗는 것이다. 기록이 떨어지는 선수가 더 많은 기회를 얻는다면 형평성이라는 가치가 무너진다. 선수 기용의 효율성이 나빠진다.

그래도 두산 팬들은 이해했다. 오재원 선수는 주장이니까, 팀 분위기를 만들고, 후배들을 이끄는 역할을 잘하니까 개인 성적이 부진해도 용인했다.

그러나 오재원 선수의 부진이 너무나 깊고, 길어졌다. 인내심 많기로 유명한 두산 팬들의 마음도 끓는점을 넘어섰다. 다른 선수에게 기회를 줘야 한다고 요구하기 시작했다.

김태형 감독은 5월 이후 한 번도 오재원 선수를 1군 엔트리에서 제외하지 않았다. 주전 2루수로 기용하기보다 대타, 대주자로 활용했다. 그래도 오재원 선수는 계속 부진했다. 그래도 김태형 감독은 오재원 선수를 끌어안았다.

한국시리즈 1차전 선발 2루수는 '당연히' 오재원 선수가 아니라 최주환 선수였다. 2차전도 마찬가지였다. 오재원 선수는 2차전 대수비로 나왔다가 9회 말 타석에서 대역전극의 시작을 알리는 2루타를 때려냈다.

오재원 선수는 4차전 연장 10회 초 결승 2루타를 날렸다. 시리즈를 끝내는 타격이었고, 그에 앞서 9회 말 3루수 허경민 선수의 뼈아픈 실책을 지우는 한 방이었다.

오재원 선수의 피날레는 이렇게 극적이었다. 정규시즌 1할 타율은 공식 기록에 남고, 한국시리즈 5할 타율은 팬들의 기억에 남을 것이다.

한국시리즈가 끝나고 김태형 감독이 오재원 선수를 불렀다.

"잘 참았다. 나도 잘 참았고. 우리 둘 다 잘 참았다."

평소 말수가 많지 않은 두 사람. 우승하고 나서도 긴 말을 주고받지는 않았다. 그 짧은 메시지에 세 번이나 등장한 '참다'라는 동사가 2019년 두산 베어스의 단면을 보여줬다.

오재원 선수는 자신의 부진을 참기 어려웠을 것이다. 방망이도 안 맞고, 수비 실책도 잦은 자신을 누구보다 자신이 용서하지 못했을 것이다.

김태형 감독의 인내심도 바닥을 드러낼 뻔 했다. 1년 내내 부진한 오재원 선수가 1군에 남아 있는 것이 팀 분위기를 해칠까 염려한 것이다. 부진한 오재원 선수를 끌어안느라 김태형 감독도 욕을 많이 먹었다.

김태형 감독은 "오재원 선수는 2015년, 2016년 우승을 시켜준 선수다. 언젠가 제 역할을 해줄 거라 믿었다"고 말했다. 그의 말대로 오재원 선수는 한국시리즈에서 맹활약했다. 두 사람 모두 잘 참은 덕분이다. 오재원 선수를 향한 김태형 감독의 애정과 신뢰는 해피 엔딩이었다.

그러나, 그게 정말 모두에게 해피한 일이었을까?

더 쉽고 합리적인 길은 없었을까? 정규시즌 때 오재원 선수 대신 다른 선수들에게 기회를 더 많이 줬다면 더 수월하게 우승할 수 있지 않았을까?

여기에 대한 의견이 분분하다. 우승한 뒤에도 두산 팬들의 생각은 다 달랐다. 하나 확실한 건 오재원 선수는 팀이나, 김태형 감독에게 아주 특별한 선수라는 점이다.

다시 오재원 선수의 인터뷰로 돌아가자.

두산 유니폼을 입고 있을 때 최선을 다하지 않은 적이 없다는 말. 이건 누구나 동의할 것이다. 오재원 선수가 부진했던 건 게으르거나 오만해서가 아니었다. 악착같이 뛰는데 안 되는 걸 김태형 감독과 팬들이 다 봤다. 그래서 야구를 그만두는 날까지 후회 없도록 노력하겠다는 오재원 선수의 말을 믿는다.

2015년과 2016년 챔피언 두산은 2017년 KIA 타이거즈, 2018년 SK 와이번스와의 한국시리즈에서 졌다. 두산 선수들은 두 번의 우승을 까맣게 잊은 것 같았다. 지난 2년 연속 준우승에 그친 사실만 기억하는 것 같았다. 다시 우승하는 날만 생각하고 2년을 버텼다는 오재원 선수의 말은 오래 굶주린 야수의 포효 같았다.

오재원 선수가 두산의 캡틴인 이유도 여기에 있다. 두산 야구는 항상 배고파한다. 토끼를 잡을 때도 몸을 날린다. 혼자가 아니라 무리가 달려든다. 때문에 두산에서 주장은 어느 포지션보다 중요하다. 두산 야구의 정체성을 지키는 역할을 하기 때문이다.

과거 두산의 주장(1998~2000년)이었던 김태형 감독은 캡틴의 역할을 가장 잘 알고 존중하는 감독이다. 오재원 선수가 부진해도 그를 쉽게 빼지 않은 이유는 그가 주장 역할을 잘해내는 리더였기 때문이다. 아웃 카운트 몇 개(어쩌면 수십 개)를 손해 보더라도 선수단의 단결을 잃고 싶지 않았기 때문이다.

오재원 선수의 뜨거운 눈물은 2019년 두산의 우승이 결코 쉽지 않았다는 걸 보여줬다.

야구 기사를 쓰면서 종종 '전력의 절반'이라는 표현을 사용할 때가 있다.

한 경기에 출전할 수 있는 선수는 팀당 25명이다. 이 가운데 투수를 포함해 열 명이 선발 라인업에 이름을 올린다. 특정 선수가 전력의 절반을 차지한다는 말은 명백한 '구라'다. 따라서 이런 표현을 거의 쓰지 않으려 한다. 하지만 가끔 유혹을 느끼는 상황이 있다. 몇 년 전까지만 해도 양의지 선수를 두고 '두산 전력의 절반'이라고 표현하는 기사가 쏟아졌다.

기사를 작성하다 보면 극적인 표현이 필요할 때가 있다. 과거에 나도 몇몇 선수를 설명하며 '전략의 절반'이라고 쓴 적이 있었다.

야구에서 특급 포수는 20승 투수와 비견된다. 방대

한 데이터를 활용해 공 배합을 하고, 몸을 날려 폭투를 잡아내고, 수비진의 안정감을 만드는 게 포수의 역할이다. 이걸 가장 잘하는 현역 포수가 양의지 선수다.

이런 포수는 10년에 한 번 나오기 어렵다. 한 선수가 공격과 수비 모두에서 최고 수준의 활약을 한다면 다른 팀보다 선수 한 명을 더 쓰는 기분이 들 것이다.

다 맞다. 다 맞는데, '두산 전력의 절반'이란 수식어는 본능적으로 거부감이 들었다. 양의지 선수가 현재 KBO리그에서 가장 가치 있는 선수라는 건 분명하지만 '전력의 절반'이나 된다고? 게다가 다른 팀도 아니고 두산에서?

두산의 주전 포수였던 양의지 선수는 2018년 말 NC 다이노스로 이적했다. 당시 많은 언론에서 두산이 전력의 절반을 잃었다고 썼다. 나도 비슷하게 썼던 것 같다. 모든 야구 전문가들이 2018년 준우승 팀 두산의 전력은 2019년에 크게 약해졌다고 봤다.

두산의 2019년은 양의지 선수 이야기부터 시작했다.

이 과정을 지켜본 포수 박세혁 선수의 마음은 어땠을까. 그는 양의지의 백업을 할 때부터 주전급 포수라는 평가를 받았다. 양의지가 없다고 두산에 포수가 없는 게 아니었다. 2019년 박세혁은 그걸 증명해야 했다.

결과는 두산 팬 모두가 아는 대로다. 양의지가 떠났어도 두산 전력의 절반이 날아간 건 아니었다. 박세혁은 정규시즌 144경기 중 137경기에 나와 안정적으로 투수들을 리드했다. 타율도 0.279에 이르렀다. 홈런 네 개, 도루 여덟 개, 3루타는 세 개였다. 한 시즌에 포수가 3루타를 아홉 개나 때린 건 프로야구 38년 역사상 처음이었다.

박세혁 선수는 양의지 선수만큼 여우 같지는 않다. 타격의 정확성이나 파워도 양의지 선수에는 아직 미치지 못한다. 그래도 박세혁 선수는 곰처럼 우직하고 든든하게 두산의 안방을 지켰다. 굳이 무리하지 않아도 되는데도 도루를 시도했고, 3루타를 향해 달렸다.

2019년 두산 야구의 하이라이트는 10월 1일 서울 잠실구장에서 열린 정규시즌 최종전이었다. 8월 중순 1위 SK에 아홉 경기 차까지 뒤졌던 두산은 야금야금 SK를 추격하고 있었다.

두산이 마지막 경기를 이기면 SK와 동률이 되어 정규시즌을 마칠 수 있게 됐다. 두 팀이 똑같이 8승 1무 55패(승률 0.615)를 기록하면, 상대 전적(9승 7패)에서 앞서는 두산이 한국시리즈에 직행하는 것이다.

마지막 NC전에서 두산은 2대5로 밀렸다. 그러나 8회 말 5대5 동점에 성공한 뒤, 9회 말 1사 2루에서 6대5를 만드는 끝내기 안타가 나왔다. 정규시즌 우승을 결정하는 적시타의 주인공이 박세혁 선수였다.

이 경기로 두산은 정규시즌 우승을 확정하며 한국시리즈에 직행했다. 반면 2018년 챔피언이자 2019년 레이스에서도 독주하던 SK의 기세가 완전히 꺾인 장면이었다. 김태형 감독이 2019년을 통틀어 가장 짜릿했다는 승부. 그 마침표를 박세혁 선수가 찍었다.

박세혁 선수는 한국시리즈에서도 안정된 수비를 보여줬다. 타석에서는 타율 0.417, 4타점을 올려 한국시리즈 MVP 투표 2위에 올랐다.

한국시리즈 우승 후 박세혁 선수는 김태형 감독을 꼭 끌어안고 울었다. 포수 선배이기도 한 김태형 감독이 박세혁 선수가 느꼈을 부담감을 몰랐을 리 없다. 힘든 1년을 너무나 잘 버텨준 박세혁 선수에게 김태형 감독은 "박세혁이 정말 잘해줬습니다. MVP나 다름없다. 가장 고마운 선수입니다"라고 칭찬했다.

박세혁 선수는 "MVP를 받지 않아도 좋습니다. '우승 포수'가 됐다는 것으로 충분히 만족합니다"라고 말했다. 박세혁 선수는 상무 야구단을 다녀온 뒤 2016년 우승을 경험했다. 당시 '우승 포수'는 양의지 선수였다. 박세혁 선수는 '우승 멤버' 중 하나였다.

2019년 두산 우승의 일등공신은 누가 뭐래도 박세혁 선수다. 스스로 대견해서 눈물을 펑펑 쏟았던 것이다.

두산의 2019년은 양의지 선수로 시작해 박세혁 선수로 끝났다.

끝이 좋으면 다 좋다. 기억은 시간이라는 필터를 거쳐 추억으로 남는다. 그래서 2019년 두산의 우승은 운명처럼 이미 정해진 것 같은 느낌이 들기도 한다.

오재원 선수의 눈물, 박세혁 선수의 눈물은 그게 아니라고 말했다. 1년 내내 외줄타기를 하는 것처럼 힘들었고, 괴로웠고, 무력했다고 소리쳤다.

그리고 여기, 눈물을 흘린 또 하나의 선수가 있다. 두산 유니폼을 단 1년만 입었던 투수, 그러나 두산이 우승을 확정할 때 마운드를 지켰던 투수. 배영수 선수다.

삼성 라이온즈의 에이스였던 배영수 선수는 한화 이글스를 거쳐 두산으로 이적했다. 전성기가 지난 노장을 데려올 만큼 두산의 불펜이 약해져서였다.

배영수 선수는 2019년 정규시즌 37경기(1승 2패)에 등판했다. 명성에 걸맞지 않게 불펜에서 궂은일을 도맡았다. 그러다 한국시리즈 4차전 10회 말 1사에서 운명의 장난처럼 배영수 선수가 마운드에 올랐다.

김태형 감독이 실수로 마운드를 두 번 방문하는 바람에 잘 던지고 있던 이용찬 선수를 교체할 수밖에 없었던 것이다. 때문에 급하게 배영수가 등판했다. 키움 히어로즈 타선에는 11대9의 스코어를 단숨에 뒤집을 수 있는 4번 타자 박병호 선수와 5번 타자 제리 샌즈 선수가 대기하고 있었다.

감독의 실수가 만든 황당한 상황. 배영수 선수는 당당했다. 살살 웃으며 마운드에 올랐다.

배영수는 2019년 한국시리즈 1~3차전에 등판하지 못했다. 그러나 한국시리즈에서 통산 24차례나 등판한 승부사였다. 15년 전 현대 유니콘스와의 한국시리즈 4차전에서 10이닝 노히트노런을 기록한 투수이기도 했다.

박병호 선수에게 던진 초구. 전성기처럼 빠르진 않았지만 무게감이 있었다. 배영수 선수는 이 공을 던진 뒤 자신감을 얻었다고 한다. 박병호 선수를 삼진, 샌즈 선수를 투수 땅볼로 잡은 뒤 배영수 선수는 세상을 다 가진 남자처럼 환호했다. 크게 웃었다가, 훌쩍 울먹이다가, 다시 환호하기를 몇 번이나 반복했다.

배영수 선수는 2002년부터 삼성에서 일곱 번이나 우승을 맛본 투수였다. 누구보다 빛나는 전성기를 누렸고, 우승의 영광도 익숙한 베테랑이었지만 2019년 10월 26일에는 아이처럼 울고 웃었다.

배영수 선수에게 여덟 번째 우승은 그만큼 힘들었다. 또 그만큼 극적이었다. 그는 이틀 후 은퇴를 결심했다. 미련이 없진 않지만 한국시리즈 최종전에서 마무리를 했다면 떠나도 된다고 마음먹었다. 영화 같은 라스트 신을 만들어준 야구의 신께 감사하다고 했다.

어린 시절, 나는 야구선수가 되고 싶었다. 그땐 내가 야구를 잘하는 줄 알았다. 내가 홈런을 치거나, 승리투수가 되어 스포츠신문 1면을 장식하는 상상을 여러 번 했다.

현실을 깨닫는 데까지 많은 시간이 필요하지 않았다. 재능이 있고 없고는 두 번째 문제. 운동은커녕 일상생활만 겨우 유지하는 지금도 온몸이 아프고 쑤신다. 내가 야구의 주인공이 되는 꿈은 30년 전에 포기했다. 야구를 지켜보는 것에 만족한다.

2019년 가을에는 다른 생각이 들었다. 두산 선수들이 웃고 우는 걸 보면서 나도 같은 감정을 느끼고 싶었다. 저들 같은 동료와 함께 뛰고, 저들이 느끼는 환희를 맛보고 싶었다.

선수가 아니라면 코치나 감독은 어떤가?

아, 안 되지. 그 전에 선수가 됐어야 하니까.

그렇다면 두산 같은 팀을 소유한 구단주는 어떤가?

아, 그건 더 안 되지. 돈이 없으니까.

그러면 두산 팬이 되는 건 어떤가?

관중석에서 목이 터져라 응원하는 저들이 되어 보는 거다. 나도 즐겁고 싶다. 스트레스 안 받으며 야구를 즐기고 싶다. 그렇다면 방법은 하나. 두산을 응원하는 것이다.

감독이 아니니까 선수들을 이끌 수 없다. 구단주가 아니니까 무엇 하나 소유할 수 없다. 그러나 두산을 좋아하는 것만으로 충분히 행복할 수 있다.

팬질을 해봤다면 알 것이다. 두산 팬들이 갖는 우월감을.

안 해봤다면 지금부터라도 한번 따라와 보시라.

2ND INNING
불씨 불꽃 불사조

야구 기자로서 야구 팬들을 만나는 건 즐거운 일이다. 내가 모르는 것을 질문하지 않는 팬이라면 더욱 그렇다.

그들을 만나면 내가 빼놓지 않고 하는 질문이 있었다. 왜 이 팀을 좋아하느냐고. 왜 이 선수를 응원하게 됐느냐고. 하지만 언젠가부터 이 질문을 하지 않는다. 내가 기대하는 대답이 별로 나오지 않기 때문이다.

"아버지가 좋아해서 나도 따라 좋아한 건데?"

"남친 따라 야구장에 처음 간 날, 두산이 이겼어!"

"유니폼이 무척 예쁘더라고. 몇 년을 봐도 안 질려."

"치맥 먹고 미친 듯 응원하는 게 정말 재밌더라고."

"Beer랑 비슷한 동물을 찾다가 Bear로 결정했다며?"

놀랍게도 대부분 이런 이유를 말했다.

조금만 더 생각해 보면 그렇게 놀랄 일도 아니다. 나부터도 집에 MBC 청룡 허리띠가 있어서, 큰형이 해태를 좋아하라고 강요해서, 작은형이 두산 팬이어서 그 팀들에 대한 관심이 생겼으니까.

그래도, 그래도 말이다.

두산 팬이라면, OB 시절부터 팬이었다면 가슴에 불씨 하나씩은 간직하고 있을 것이다.

박. 철. 순.

흰색과 남색이 어우러진 유니폼이 예쁜 것도 좋다. 흰 막대풍선으로 합심하는 응원이 재밌는 것도 좋다. 고향이 대전, 또는 서울이어서 이 팀을 사랑하는 것도 좋다.

그래도 그 마음에 불을 당긴 게 있지 않은가. 진화가 불가능한 산불 같은 마음이 시작되는 것도 작은 불씨 때문이지 않은가.

40대 이상의 팬이라면 망설이지 않고 대답한다. 박철순 선수가 그 불씨였다고. 첫사랑 같은 선수였다고.

프로야구가 출범한 1982년, 수많은 스타들이 등장했

다. MBC 백인천 선수 겸 감독, 해태 김봉연 선수와 김성한 선수 등이 프로야구 원년을 화려하게 장식했다.

그들을 단숨에 조연으로 만든 압도적 캐릭터가 박철순 선수였다. 모자 밖으로 흩날리는 긴 파머 머리, 상남자의 야성과 미소년의 곡선을 함께 가진 얼굴. 마운드에서 있는 것만으로도 박철순 선수는 팬들의 가슴에 불꽃을 터뜨렸다.

그의 투구는 또 어떤가. 하늘을 찌를 것 같은 왼발 하이키킹, 공이 아니라 온몸을 홈플레이트로 던지는 것 같은 역동적인 피칭. 공 하나에 혼을 담아 던지는, 가슴이 뜨거워지는 장면이었다.

박철순 선수가 발사한 패스트볼은 꿈틀거리며 스트라이크 존 좌우를 파고들었다. 커브와 슬라이더도 잘 던졌다. 그가 가끔 던지는 느린 팜볼은 마구 같았다.

박철순 선수는 1982년 24승 4패, 평균자책점 1.84, 승률 0.857를 기록했다. 프로야구 최초의 투수 3관왕이었다. 특히 24승 가운데 거둔 22연승(선발승과 구원승을 더한 기록이다. 승리과 별개로 7세이브도 따로 있었다)은 단일 시즌 세계 최고 기록이었다.

박철순 선수는 '수퍼 에이스'였다. 시즌 임팩트로 보

면 최동원, 선동열, 류현진 선수 이상이었다. 다음 공을 던지지 않을 것처럼 온힘을 다했다. 내일이 없는 것처럼 에너지를 모두 쏟았다. 내년을 생각하지 않는 것처럼 1982년 정규시즌 36경기에 등판해서 224과 3분의 2이닝을 던졌다. 실제로 박철순 선수는 크고 작은 부상을 참으면서 던졌다.

박철순 선수가 등장하면 상대 팀들은 지레 겁을 먹었다. 꼴찌 후보였던 OB는 1982년 전기리그 40경기에서 29승 11패로 1위에 올랐다. 29승 가운데 박철순 선수가 18승을 기록했다.

'수퍼 에이스' 박철순 선수는 한국시리즈 1차전에 등판하지 않았다. 정규시즌 마지막 경기에서 악화된 허리 통증 때문에 공을 던질 수 없는 상황이었다. 그는 병원에 입원해 있었다. 삼성도, 팬들도 이 사실을 모른 채 한국시리즈를 지켜봤다.

1 · 2차전에서 OB는 1무 1패에 그쳤다. 전 · 후기리그 통합우승에 단 1승에 모자랐던 OB로서는 벼랑 끝에 선 것이다.

한국시리즈 3차전. 박철순 선수가 더그아웃에 등장

했다. 코칭스태프가 말렸으나, 그는 진통제 주사를 맞고 등판을 준비했다. 박철순 선수는 3대1로 앞선 6회 1사 1 · 3루에서 구원 등판해 세이브를 올렸다.

박철순 선수는 4차전 7대4이던 7회 무사 1 · 2루에서 마운드에 올라 두 번째 세이브를 따냈다. OB는 2승 1무 1패로 시리즈 주도권을 잡았다.

3차전에서 63구, 4차전에서 46구를 던진 박철순 선수는 이틀을 쉬고 6차전에 선발 등판했다. 이때도 진통제를 맞은 상태였다.

박철순 선수는 삼성 선발 이선희 선수와 팽팽한 투수전을 이어갔다. 3대3으로 맞선 9회 초 2사 만루에서 신경식 선수가 밀어내기 볼넷을 얻어 4대3을 만들었다. 이어 김유동 선수가 총알 같은 만루 홈런을 터뜨렸다.

통증과 피로가 쌓인 박철순은 초인적인 힘으로 9회 말을 막았다. 마지막 타자 배대웅 선수가 때린 타구는 큰 바운드를 만든 뒤 박철순 선수의 키보다 한참 높이 튀어 올랐다.

도저히 잡을 수 없는 타구였다. 8대3으로 크게 앞선 상황이었기 때문에 무리할 이유도 없었다. 그러나 박철순 선수는 새처럼 날아올랐다. 타구는 더 빠른 속도로 박철순 선수의 머리 위를 지나갔다.

쿵-.

박철순 선수는 균형을 잃고 엉덩방아를 찧었다. OB 유격수 유지훤 선수가 재빨리 공을 잡아 1루로 송구, 배대웅 선수를 잡아냈다. '프로야구 원년 챔피언' OB 베어스가 탄생한 순간이었다.

야구 인생에서 가장 짜릿한 순간. 박철순 선수는 주저앉은 채 양팔을 쭉 뻗어 만세를 불렀다. 허리가 아파 제대로 일어설 수도 없는 상태로 동료들과 얼싸안고 기쁨을 나눴다.

OB 팬 가슴에 불을 지른, 나아가 프로야구의 인기가 상승하는 데 도화선이 된 장면이었다. 프로야구의 전설로 남은 순간이었다.

145구. 박철순 선수가 6차전에서 던진 투구 수다. 3·4차전 구원 등판한 기록까지 더하면 총 254개를 던졌다.

박철순 선수는 정규시즌에서 이미 너무나 많이 던졌다. 36차례 등판 중 열다섯 번이 완투 경기였다. 정규시즌 마지막 경기에서 번트 수비를 하다 다친 허리로 한국시리즈에서 투혼을 불살랐다. 시리즈 내내 진통제를 맞았다. 특히 4차전 9회 말 2사 때 엉덩방아를 찧은 순간, 허리에 전해진 충격은 KO 펀치였다.

기적 같은 장면을 선물하고 박철순 선수는 그렇게 쓰러졌다. 우승의 기쁨을 제대로 느끼지도 못한 채 병원에 입원했다. 1982년 대만에서 전지훈련을 하다 허리 디스크가 도져 귀국했다. 박철순 선수는 이후 3년 동안 13경기밖에 던지지 못했다. OB의 1982년 우승과 박철순의 허리를 맞바꾼 것이라고 해도 과언이 아니다.

팬들의 마음에 불을 지핀 그는 불꽃처럼 짧게, 활활 타올라 연소됐다.

사실 난 1982년 한국시리즈 기억이 거의 없다. 나중에 흐릿한 화면과 신문기사로 조립한 추억이 남아 있을 뿐이다.

기자가 되어 박철순 선수를 만날 기회가 있었다. 야구계를 떠나 개인 사업을 하는 그로부터 경기 관전평을 듣는 자리였다.

그를 만나면 묻고 싶은 게 몇 가지 있었다.

1982년 한국으로 돌아올 게 아니라 미국에서 1~2년 더 메이저리그에 도전하는 게 좋지 않았느냐고. 한국에서 극심한 허리 통증을 여러 번 느꼈을 텐데 한 번쯤 쉬었으면 어땠겠느냐고. 한국시리즈에서 꼭 던져야 했다면 하루 더 쉬고 7차전에 나설 수 없었느냐고. 꼭 6차전에 던져야 했다면 구원 투수로 등판하면 어땠느냐고. 굳이 6차전 선발로 던졌다면 9회 말에는 쉴 수 있지 않았느냐고. 죽어도 9회 말까지 마무리하고 싶었다면 마지막 타구를 잡겠다고 점프하지 않았으면 얼마나 좋았겠느냐고.

그러나 난 한마디도 묻지 않았다. 중년의 남자가 되어버린, 왠지 쓸쓸해 보이는 그에게 묻지 못했다. 사실 젊은 시절 박철순 선수는 여러 인터뷰를 통해 내 질문에 충분히 대답했다.

"한국시리즈 정말 재밌었잖아요. 만약 OB가 전·후기리그 통합우승을 했다면, 그래서 한국시리즈가 열리지 않았다면 프로야구가 지금처럼 사랑받을 수 있었을까요? 그리고 우리가 우승했잖아요. 그때 제게는 그게 가장 중요했어요. 그걸로 충분합니다."

박철순 선수를 떠올리면 가슴이 뛴다. 벅찬 마음이 진정되고 나면 어김없이 명치끝이 알알하다. 너무나 고맙고, 너무나 미안하다.

OB 팬들은, 아니 프로야구 모든 팬들은 그에게 큰 빚을 졌다.

불꽃은 다시 타올랐다.

모두가 박철순 선수의 야구인생이 끝났다고 했지만 그는 마운드에 다시 섰다. 그때는 허리에 수술 칼을 대면 선수생명이 끊어진다고 생각했다. 그가 1984년 받은 대수술은 운동은커녕 일상생활을 할 수 있을지도 장담할 수 없는 것이었다. 수술을 받고 돌아온 박철순 선수의 모습은 OB 팬들의 마음을 또다시 무너뜨렸다. 독한 약물치료를 거듭한 탓에 머리카락이 많이 빠졌기 때문이었다. 찰랑거리던 그의 장발을 기억하는 팬들에겐 가슴 아린 모습이었다.

박철순 선수는 대수술과 재활훈련을 반복하며 건강을 조금씩 회복했다. 1985년부터는 한 시즌에 몇 차례씩 마운드에 올랐다.

박철순 선수가 허리 부상을 극복했다고 믿은 시점이 1988년이었다. 전성기만큼은 아니었지만 타자들과 싸울 정도는 충분히 된다고 생각했다.

추운 겨울, 박철순 선수는 한강 고수부지에서 광고

촬영을 하다가 왼쪽 아킬레스건이 찢어지는 중상을 입었다. 힘차게 점프하는 장면을 찍다가 생긴 사고였다. 끊어진 아킬레스건을 연결하기 어려워 제대로 걸을 수 있을지조차 알 수 없었다.

훗날 박철순 선수는 "오른손 정통파 투수에게 왼 아킬레스건 파열은 치명적이었습니다. 허리 치료를 어렵게 마쳤는데, 이런 시련이 왜 내게 또 오나 싶었어요. 정말 화가 났습니다"라고 회고했다.

당시 박철순 선수의 나이 만 32세. 당시 프로야구 선수들은 은퇴를 준비할 나이였다. 고질적인 허리 부상에 이어 아킬레스까지 고장 난 박철순 선수의 종착역이 멀지 않은 것 같았다.

박철순 선수는 또 돌아왔다. 1년여 만에 그가 복귀하자 팬들은 뜨거운 눈물로 환영했다. 그때 이미 그는 플레잉코치(선수 겸 코치)였다. 온전치 않은 몸으로 많은 경기에 나서기는 어려웠다.

박철순 선수는 마운드에 오르기만 하면 나이를 잊었다. 부상도 잊었다. 1990년 7월 5일 해태와의 경기에서 강렬한 공을 뿌리며 완봉승을 거뒀다.

박철순 선수는 1991년부터 1994년까지 4년 연속

7승을 올렸다. 특히 무더위가 한반도를 뜨겁게 달궜던 1994년 여름에는 두 차례나 완봉승을 따냈다. 만 38세 나이에 작성한 최고령 완봉승. 폭염보다 더 뜨거운 열정이었다.

이 과정에서 박철순은 몇 번이나 막다른 골목과 마주했다. 허리와 아킬레스건 부상이 도돌이표처럼 찾아왔다. "박철순은 정말 끝났다"는 말도 여러 번 들었다. 심지어 그를 좋아하는 팬들도 "이제 그만해라. 박철순 선수가 쓰러지는 걸 더는 못 보겠다"고 했다.

그때마다 그는 다시 일어나 공을 던졌다. 아픈 허리를 활처럼 구부려 팡-.

투혼을 담은 그의 강속구는 젊은 타자들의 패기를 꺾었다.

박철순 선수는 1995년 정규시즌에서 9승 2패를 기록했다. 1982년 24승 이후 가장 많은 승리를 거뒀다. 롯데 자이언츠와의 한국시리즈 5차전에 불펜으로 등판하기도 했다. 만 39세 7개월 8일로 한국시리즈 최고령 등판이었다. 상대편 사령탑이었던 김용희 롯데 감독은 박철순 선수의 부산 동광초등학교 동창생이었다.

13년 전 첫 우승을 함께했던 동료들은 모두 은퇴했

지만 박철순 선수는 죽고 살기를 반복해 다시 마운드에 섰다. 그리고 조연으로서 두 번째 우승을 맛보고 까마득한 후배들을 얼싸안았다. 우승을 확정하자 OB 선수들은 누가 먼저랄 것도 없이 박철순 선수를 목말 태웠다. 그가 어떤 선배였는지 알 수 있는 장면이었다.

언젠가부터 박철순 선수는 불사조라고 불렸다. 온몸을 불살라도 잿더미 위에서 다시 살아나는 새처럼 그는 창공을 향해 쉬지 않고 날갯짓을 했다.

박철순 선수는 1996년 7월 30일 LG 트윈스 전에서 역대 최고령 세이브(40세 4개월 18일) 기록을 세웠다. 그 해 9월 4일 한화 이글스 전에서는 최고령 승리(40세 5개월 23일) 기록을 새로 썼다.

박철순 선수가 등판하는 날이면 잠실구장에는 프랭크 시내트라의 '마이 웨이'가 울려 퍼졌다.

연세대를 중퇴하고 꿈을 찾아 미국으로 떠난 게 그의 첫 여정이었을 것이다. 밀워키 브루어스 유망주로 메이저리그 직전 단계인 트리플A까지 올라간 게 성공을 향한 걸음이었다.

한국에 프로야구가 생긴다는 말에 한국인 첫 메이저리거의 꿈을 포기하고 돌아온 건 그의 또 다른 모험이었다. 그리고 OB 유니폼을 입고 보여준 불꽃같은 투구, 평생 동안 부상과 싸워 이긴 투혼은 박철순 선수만의 길을 만들었다.

아무도 가보지 않은 길, 눈에 보이는 이익보다 가슴이 뛰는 영광을 선택한 길이 박철순 선수의 '마이 웨이'였다.

1997년 4월 29일. 잠실구장에 '마이 웨이'가 다시 들렸다. 박철순 선수의 은퇴식, 그 중에서도 팬들과의 작별을 고하는 도중 흘러 나왔다. '마이 웨이'는 마치 박철순 선수의 야구인생을 보고 만든 노래 같았다.

I've lived a life that's full.

(난 충만한 인생을 살았습니다.)

I've travelled each and every highway.

(모든 길을 다 가봤습니다.)

And more, much more than this, I did it my way.

(그리고 그보다 더 중요한 건, 내 방식대로 했다는 겁니다.)

Regrets? I've had a few.

(후회요? 조금 있었죠.)

But then again, too few to mention.

(하지만 굳이 남에게 얘기할 정도는 아니었습니다.)

I did what I had to do,

(난 내가 해야 할 일을 했고,)

And saw it through without exemption.

(어떤 예외도 없이 끝까지 해냈습니다.)

박철순 선수는 3만 관중의 뜨거운 함성을 받고 그라운드에 등장했다. OB 선수들이 그를 헹가래 치며 영웅의 마지막을 기렸다. 박철순 선수는 훗날 영구결번이 된 21번 유니폼을 반납했다. 그리고 낮게 엎드려 마운드에 입을 맞췄다.

야구 팬에게 첫사랑 같았던 그는 그렇게 떠났다. 최동원 · 선동열 선수가 한 시대를 풍미했다면, 박철순 선수는 한 시즌을 불태웠다. 그럼에도 박철순 선수는 누구보다 오랫동안 마운드 위에서 스스로를 불살랐다.

나중에 박철순 선수는 은퇴식을 떠올리며 이렇게 말했다.

"한없는 그리움이 한동안 밀려왔죠. 제겐 마운드가 첫사랑이고, 목숨 바쳐 사랑한 여인과의 키스보다 더 진하게 마운드에 키스했어요. 마운드를 생각하면 지금도 가슴이 떨려요."

2006년 12월 그는 대장암 수술을 받았다. 어렵게 그와 통화했던 순간을 13년이 지난 지금도 생생하게 기억하고 있다.

"암 수술을 했어요. 그런데 괜찮아요."

불사조는 병마도 잘 이겨냈다. 건강을 되찾아 간간이 외부 행사에도 모습을 드러내고 있다. 2018년 한 토크 콘서트에서 그는 또 이렇게 말했다.

"1982년 한국시리즈로 다시 돌아간다고 해도 진통제 주사 맞고 공을 던질 겁니다. 그때 진통제 맞은 거, 사실 기억도 잘 안 나요. 오늘이 마지막이라는 생각만 하고 공을 던졌어요. 몸 사리고 잔머리 썼다면 오늘 저는 여기 없겠죠."

2004년 개봉한 영화 '수퍼스타 감사용'을 좋아한다. 프로야구 최초의 꼴찌 팀 삼미 수퍼스타스. 그리고 별 볼일 없는 투수 감사용을 담담하면서 멋지게 그려냈다.

우리도 그리 특별하지 않으니 그들의 이야기에 공감했다.

"나도 한 번 이겨보고 싶었어요."

패전투수 되어 더그아웃에서 절규하는 감사용 선수 옆으로 한 남자가 지나간다. 감사용 선수가 이길 뻔했지만 결국 이기지 못한 남자. 그는 감사용 선수를 보고 인사하며 경의를 표한다. 키 크고 잘생긴 남자는 배우 공유 씨, 영화에서는 박철순 선수다.

딱 그 장면만 보면 박철순 선수와 OB 베어스는 절대 강자였다. 그러나 인생의 긴 여정을 따라가면 그렇지 않다. 박철순 선수는 1982년을 빼면 상대보다 병마와 싸우느라 바빴다. 짧은 영광, 긴 투쟁이 그의 야구인생이다.

박철순 선수는 늘 도전자였다. 언더독이었다.

마치 나처럼, 당신처럼, 그리고 우리처럼.

우리에게도 불꽃같은 순간이 찾아올지 모른다. 그런 기적 같은 순간이 찾아온다면, 그가 그랬던 것처럼 우리는 온몸을 불사를 수 있을까? 그러고 싶다. 그러나 자신은 없다.

확실한 것 하나.

우리는 늘 박철순 선수에게 미안해하고, 감사하고 있다는 것이다.

3RD INNING
미러클의 시작

2001년 운 좋게 신문사에 입사했다. 더 운 좋게 야구기자가 되었다. 야구장에 나가 취재를 시작한 건 그해 9월이었다. 선배들이 시키는 대로 가장 먼저 감독을 찾아가 인사했다. 그리고 코치와 선수들과도 하나둘씩 안면을 텄다.

김인식 두산 감독과의 첫 만남은 지금도 잊을 수 없다. 멀리서 전학 온 중학생처럼 나는 쭈뼛거리며 그에게 명함을 건넸다.

"김식? 좀 있으면 맞먹겠구먼. 허허허."

김인식 감독이 명함과 내 얼굴을 번갈아 보며 이렇게 말했다. 자신과 이름이 비슷하다고 농담했다. 나중에 친해지면 기자랍시고 기어오를 거라며 허허 웃은 것이다.

농담 같기도 하고 진담 같기도 한 그의 한마디에 긴장감이 확 풀렸다. 처음 보는 어리숙한 기자에게도 이렇게 말하는 분이라면 앞으로 취재하는 데에는 큰 어려움이 없겠다 싶었다.

김인식 감독과 180도 다른 스타일의 취재원이 김응용 삼성 감독이었다. 압도적인 전력으로 정규시즌 내내 1위를 하고 있어도 그는 늘 예민했다. 젊고 낯선 기자 앞에서는 아예 입을 꾹 다물었다. 찬바람이 쌩~ 했다.

그에 비하면 김인식 감독은 얼마나 친절한가. 그와의 첫 만남부터 속으로 다짐했던 것 같다. 절대 기어오르지 않겠다고. 오늘의 친절을 잊어서는 안 된다고.

시간이 지나자 김응용 감독도 처음 같지는 않았다. 심지어 농담을 먼저 걸기도 했다. 그러나 그건 1년 후, 그러니까 삼성이 2002년 한국시리즈에서 우승한 다음 일이었다.

2001년 어느 날, 그해 포스트시즌을 앞두고 야구기자들의 담당 업무가 다시 조정됐다. 나는 베테랑 선배를 도와 두산만 취재하라는 지시를 받았다.

막내 기자인 내게는 아무런 발언권이 없었다. 그런데 내 뜻대로 됐다. 잘됐다 싶었다. 아주 가끔은 이렇게 언어 걸리기도 한다.

포스트시즌 때 삼성을 취재하면 숨이 턱 막힐 것 같았다. 김응용 감독의 카리스마에 눌려 질문 하나도 못하지 않을까? 게다가 삼성에는 국가대표급 베테랑 선수들이 즐비했다. 같은 또래인 이승엽과 임창용 선수는 당대 최고의 스타였다. 그들은 친절했지만 아마 내 이름도 잘 모를 것이다.

반면 두산은 그렇지 않았다. 정수근, 홍성흔, 박명환 같은 선수들이 아주 친근했다. 이 팀은 감독부터 선수까지 왜 이리 장난을 잘 치는 건지. 그들의 가을야구는 어떨지 궁금하기도 했다.

두산은 2001년 정규시즌 3위였다. 포스트시즌에 턱걸이한 4위 한화 이글스를 준플레이오프에서 만나 2경기(당시 3전 2선승제) 만에 제압했다.

두산의 플레이오프 상대는 2000년 한국시리즈 챔피언 현대 유니콘스였다. 1년 전 한국시리즈에서 두산은 현대를 만나 3승 4패로 졌다. 2001년 플레이오프 1차전에서도 현대에 1대5로 패했다.

두산은 2차전에서 홍원기 선수의 홈런으로 5대3 승리를 거뒀다. 3차전에서는 안경현-홍성흔-홍원기 선수의 홈런으로 8대5로 이겼다. 4차전은 홍원기-이도형-타이론 우즈 선수의 홈런이 폭죽처럼 터졌다.

두산은 경기를 치를수록 강해지는 것 같았다. 중심 타선인 우동학 트리오(우즈-김동주-심재학)뿐만 아니라 안성기 트리오(안경현-홍성흔-홍원기)로 불린 하위 타선의 화력도 대단했다. 어디서 스파크가 튀어 어디로 옮겨 붙을지 알 수 없었다.

난 기억력이 그리 좋지 못하다. 게다가 오랜 시간이 지났기에 18년 전 기록이 세세하게 떠오르지 않는다. 그래도 두산 선수들의 기세만큼은 또렷하게 기억한다.

총알 같은 타구를 날리며 쿵쾅쿵쾅 뛰는 우즈 선수. 상대를 한 수 아래로 보는 것처럼 자신감 넘치는 김동주 선수. 외야에서 몸을 날리며 뒹굴던 정수근 선수. 안타를 치고 헐크처럼 포효하는 홍성흔 선수.

2001년 가을, 두산과 맞선 선수들은 이유 모를 두려움을 느끼고 있었다.

"재들은 반쯤 연예인이잖아요."

어떤 선수가 두산 선수들을 가리켜 말했다. 두산 선수들의 요란한 세리머니가 불편했던 모양이다. 그들의 오버액션이 신문이나 방송을 타고 나가는 게 못마땅했던 것 같았다.

그 선수의 말이 아주 틀린 건 아니었다. 실제로 두산 선수들은 그렇게 보였다. 과장된 동작이 연기 같기도 했다. 기자들과 대화도 많이 했다. 때문에 재미있는 사진이나 가십 기사가 많이 나갔다.

지금 생각해 보면, 상대는 두산의 기세를 두려워했던 것 같다. 경기를 치를수록 타자들의 방망이는 뜨겁게 달아올랐다. 1번 타자부터 9번 타자까지 스트라이크 존에 들어오는 공은 하나도 놓치지 않고 박살낼 것 같았다.

그렇다고 두산이 삼성을 이길 수 있을까? 대부분의 전문가(열 명에게 물으면 아홉 명 정도)들은 삼성이 우승할 거라고 전망했다.

삼성 타선은 두산에 전혀 밀리지 않았다. 마운드는 삼성이 두산을 압도할 것 같았다. 일본 프로야구에서 활약한 발비노 갈베스를 비롯해 임창용, 배영수, 김진웅 선수 등으로 이뤄진 국내 선발진이 막강했다. 10승 투수만 네 명이었다.

반면 두산에서 가장 많은 승리를 거둔 투수는 이혜천 선수였다. 그나마 선발과 구원을 오가며 9승을 올렸다. 야구는 '투수 놀음', 특히 단기전은 '에이스의 전쟁'이라는 걸 생각하면 두산의 기대 승률은 10퍼센트 정도에 불과했다.

대구에서 열린 한국시리즈 1차전에서 두산은 4대7로 졌다. 준플레이오프부터 누적된 두산 선수들의 부상과 피로가 상당해 보였다. 그나마 가장 위협적이던 투수 갈베스를 5회 강판시킨 건 다행이었다.

정규시즌에서 강력한 공을 던지던 갈베스는 시즌 막판 휴가를 얻어 미국으로 떠났다. 어머니 간병을 위해서라고 했지만 사실은 어깨가 아팠던 것으로 드러났다. 부상을 입은 채 던진 공은 별로 위력적이지 않았다.

하루가 지나 다시 대구 시민운동장. 새벽부터 부슬비가 내렸다 그치기를 반복했다. 삼성 더그아웃에는 여전히 긴장감이 감돌았다. 1차전을 이겼는데도 공기가 무거웠다.

반면 두산 더그아웃에는 활기가 돌았다. 김인식 감독은 벤치에 앉아 비를 머금은 구름을 빤히 바라보고 있었다.

"비가 왜 이렇게 많이 오지?"

김인식 감독이 물었다. 나를 비롯한 기자들이 몇몇

있었으니 혼잣말은 아니었다. 대체 무슨 뜻일까?

나도 하늘을 봤다. 빗방울이 흩날리긴 했지만 야구를 못 할 정도는 아니었다. 뭘 이 정도 가지고 저러지?

"그러네요. 비가 꽤 많이 오네요?"

한 베테랑 기자가 말했다. 바보 같은 나는, 그 대답도 곧이곧대로만 들었다. 도대체 무슨 비가 많이 온다는 거야?

"그렇지? 못 하겠지?"

김인식 감독이 온화한 미소를 머금은 채 되물었다. 입꼬리가 살짝 올라간 것이 장난기 넘치는 소년의 표정 같기도 했다.

아, 저거구나. 그는 오늘 하루 휴식이 절실하구나. 기자들로부터 동의를 얻고 싶어서 해본 말이구나. 보통 노련한 게 아니다.

경기 취소 여부는 감독관의 몫이다. 감독관도 독단적으로 결정하기 부담스러우니 관계자들의 의견을 묻기도 한다. 김인식 감독은 미리 여론을 떠보는 것 같았다.

"감독님, 밖으로 나와서 포즈 좀 취해주세요!"

이번에는 사진기자들이 소리쳤다. 비가 많이 내려 김인식 감독이 걱정하는(사실은 경기가 취소되길 바라지만) 표정을 연출해달라는 요청이었다.

전쟁 같은 한국시리즈 한복판에서 포즈를 취해달라는 건 무례한 부탁이다. 여느 때라면 그랬겠지만, 사진기자들도 김인식 감독의 기분이 아주 좋다는 걸 눈치챈 것이다. 그는 허허 웃으며 더그아웃 밖으로 나갔다.

"왜 이리 비가 많이 오지?"

이 말과 함께 김인식 감독은 심각한 표정을 지었다. 자신의 모습을 상상하니 우스웠는지 웃음이 빵 터졌다. 카메라 플래시가 촤르르르르 터졌다. 비를 맞으며 어린아이처럼 좋아하는 김인식 감독의 표정은 아직도 잊히지 않는다.

30분쯤 지났다. 빗줄기가 굵어졌다. 굳이 여론전을 펴지 않아도 될 만큼 그라운드가 흠뻑 젖었다. 경기 취소. 김인식 감독과 두산 선수들은 신을 내며 짐을 꾸렸다.

선수들이 모두 빠져나가자 비가 잦아들기 시작했다. 하늘의 장난이었을까? 비가 한 시간 늦거나 일찍 왔다면 한국시리즈 2차전이 정상적으로 열리지 않았을까? 그랬다면 2001년 가을야구는 어떻게 진행됐을까?

두산은 한국시리즈 2차전에서 9대5로 이겼다. 삼성

선발 임창용 선수는 평소보다 컨디션이 좋지 않았고, 두산 선발 구자운 선수는 기대 이상으로 잘 던졌다.

시리즈 전적 1승 1패. 보너스 같은 하루 휴식을 얻은 두산 선수들은 2차전을 승리하자 자신감에 넘쳤다. 홍성흔 선수는 "대구에서 1승 1패가 목표였다. 그대로 됐다. 우리가 이길 것"이라고 말했다.

잠실구장에서 열린 한국시리즈 3차전은 난타전이었다. 안타 스물두 개를 주고받는 공방 끝에 두산이 11대 9로 이겼다. 이미 2001년 한국시리즈는 '투수 놀음'이 아니었다. 두산 마운드가 약하다는 점은 이때부터 아무런 의미가 없었다.

한국시리즈 4차전은 프로야구 가을야구 역사상 가장 뜨거운 타격전이었다. 삼성은 두산 선발 빅터 콜 선수를 상대로 2회 초 7점을 뽑았다. 삼성의 대반격이 시작되는 것 같았다.

두산은 3회 말 김동주 선수의 만루홈런을 포함해 무려 12점을 쓸어 담았다. 1차전에서 부진했던 갈베스는 4차전을 시원하게 말아먹었다. 2이닝 동안 6피안타 7실점. 에이스 투수가 아니라 두산의 타격훈련을 도와주는 배팅볼 투수 같았다.

3회 말이 끝났을 뿐인데 두 시간쯤 지난 것 같았다. 손이 부들부들 떨렸다. 기사 마감을 제 시간에 해낼 수 있을까?

한국시리즈 4차전에서 두산은 19안타 18득점, 삼성은 15안타 11득점을 올렸다. 모든 게 한국시리즈 신기록이었다. 김인식 감독은 "이상하다. 스트라이크를 치면 다 안타가 되는 것 같다"고 했다. 김응용 감독은 "한국시리즈에서 10점을 내고도 못 이기면 방법이 없다"고 한탄했다.

5차전은 2차전과 반대 양상이었다. 삼성 선발 임창용 선수가 두산 선발 구자운 선수보다 잘 던졌다. 삼성의 14대4 승리.

두산이 3승 2패로 앞선 채 열린 6차전. 두 팀은 화약고에서 야구를 하는 것 같았다. 어느 팀이라도 한 번 터지면 잠실구장을 날려버릴 것 같은 화력을 뿜어내고 있었다.

우즈 선수는 1대2로 뒤진 5회 말 투런 홈런을 터뜨렸다. 두산은 7회 초 3실점을 했으나 7회 2점을 뽑아 5대5 동점을 만들었다. 8회 말에는 정수근 선수와 장원진 선수의 연속안타, 심재학 선수의 희생플라이로 재역전에 성공했다.

두산은 프로야구 역사상 가장 낮은 승률(0.508, 65승 5무 63패)로 우승했다. 준플레이오프부터 시작해 한국시리즈 정상에 오른 역대 두 번째 팀이었다. 10승 투수 한 명 없이 챔피언에 오른 최초의 팀이었다.

이때부터 두산은 그냥 두산이 아니다.

'미러클(miracle, 기적) 두산'이다.

두산은 언제부터 기적의 팀이 되었을까.

2001년 우승 전에도 기적이 있었다. OB 시절이던 1995년 두 번째로 우승할 때 여러 미디어에서 '미러클 OB'라는 표현을 사용했다.

OB는 8월 말까지 선두 LG 트윈스에 6경기 차로 뒤지고 있었다. 그러나 OB는 7월 승률 0.750을 기록해 LG와 롯데 자이언츠의 막판 추격을 따돌리며 챔피언에 올랐다. 기적의 시작이었다.

2000년 한국시리즈에서 처음 '미러클 두산'이라는 별칭이 사용됐다. 현대에게 1~3차전을 내준 두산이 4~6차전을 모두 이겼다. 7차전 패배로 대역전에 실패했지만 팬들은 그래도 기적이라 불렀다. 팬들은 승리, 성공, 우승에만 '미러클'이라는 찬사를 보낸 게 아니다. 그 과정이 아름다웠다면 모두 기적이었다.

2001년 우승이 '미러클 두산'의 원년인 건 말할 필요도 없다. 2002년 이후 두산의 전력은 점차 약화했다. 자유계약선수(FA)가 하나 둘 떠났다. 2004년에는 우즈도 일본 주니치 드래건즈로 이적했다.

김인식 감독이 물러난 뒤 김경문 감독이 두산 지휘봉을 잡았다. 바닥을 다지고 다시 시작해야 하는 단계. 두산 팬들은 기다릴 준비가 돼 있었다. 몇 년이고 기다릴 수 있었는데…….

김경문 감독은 부임 첫해인 2004년 플레이오프까지 올랐다. 2005년에는 한국시리즈 준우승을 차지했다. 두산 전력이 얼마나 약해졌는지 잘 아는 팬들에게는 기적과 같은 시간이었다.

두산은 2007년과 2008년 2년 연속 준우승을 차지했다. 정규시즌 2위 두산은 플레이오프를 거쳐 한국시리즈에 직행한 SK 와이번스와 만났다. 2007년에는 1~2차전을 잡고도 3~6차전을 내리 내줬다. 2008년에는 1차전 승리 후 4연패했다.

수많은 역전과 기적을 만든 두산에게 2년 연속 역전

패는 너무나 아쉬웠다. 당시 SK와 벌인 한국시리즈는 프로야구 역사에 남을 만한 명승부였다. 강력한 투구, 빈틈없는 수비, 빠른 주루와 더 빠른 견제……. 한국 야구의 특장점을 응축한 두 팀은 2년 동안 뜨겁게 싸웠다. 두 번 모두 SK에게 우승을 내줬지만 두산의 야구는 여전히 미러클이었다.

김태형 감독이 지휘봉을 잡은 2015년부터 2019년까지 5년 동안은 미러클이 일상이었다. 2015년과 2016년 한국시리즈 우승을 차지한 두산은 2017년 힘이 좀 빠져 있었다. 전반기를 5위로 힘겹게 마쳤다. 선두 KIA 타이거즈와는 열세 경기 차.

두산은 후반기에 승률 0.700을 기록하며 9월 말 KIA와 공동 선두에 오르기도 했다. 결국 KIA에 정규시즌 우승을 내줬고, 한국시리즈 챔피언 트로피까지 빼앗겼다. 그래도 놀라운 후반기 질주였다.

두산은 2011년부터 4년 연속 통합 우승한 삼성 이후에 가장 강한 팀이라는 평가를 받았다. 2017년은 두산이 대한민국 원톱이라는 사실을 입증하는 시즌이었다. 정규시즌 내내 선두를 달린 두산은 93승 51패, 승률 0.646로 가장 먼저 결승선을 통과했다. 2위 SK에 무려

14.5경기 차로 앞선 압도적, 절대적, 신화적 1위였다.

그러나 두산은 플레이오프를 거치고 올라온 SK와 한국시리즈에서 만나 2승 4패로 패퇴했다. 4번 타자 김재환의 부상과 투수들의 부진 등이 겹친 결과였다.

2019년은 반대로 흘러갔다. SK에 아홉 경기 차까지 뒤지다가 정규시즌 최종전에서 따라잡았다. 한국시리즈에 선착해 있던 두산은 플레이오프에서 SK를 꺾은 키움 히어로즈를 4연승으로 눌렀다.

20세기는 '해태의 독무대'였다.

21세기는 '두산의 시대'가 틀림없다.

당신의 생각은 어떤가?

틀렸다고?

아니라고?

정말?

설마…….

4TH INNING

화수분과 화분

1997~98년 한국을 덮친 IMF(국제통화기금) 외환위기는 프로야구 지형도 크게 바꿔놓았다. 1995년 540만 명이었던 정규시즌 총 관중이 1998년 260만 명으로 반토막 났다.

각 구단들이 지출을 줄이기 시작했다. 특히 해태는 이종범 선수를 일본 주니치에, 임창용 선수를 삼성에 보내며 이적료를 받았다. 1983년 우승을 시작으로 아홉 차례나 챔피언 트로피를 들어 올린 해태가 쇠락한 것이다. 결국 해태는 2000년 7월 KIA 타이거즈로 이름을 바꿨다. 프로야구가 20세기와 작별하는 사건이었다.

한편에서는 변화의 바람이 불기 시작했다. 1998년부터 외국인 선수가 프로야구에서 뛰기 시작했다. 1999년에는 자유계약선수(FA) 제도를 도입했다.

지도자의 리더십과 선수들의 기량이 절대적으로 중요했던 20세기와 달리, 21세기 프로야구는 구단의 역량이 팀 성적을 좌우하기 시작했다. 구단 능력은 자금력과 상관관계가 있다.

팬들의 행복은 성적순이다. 성적은 자본순이 되고 있다. 그렇다면 행복은 자본순인가? 땀과 노력으로 자본을 이길 수 없는 것인가? 20세기 야구 팬이었고, 21세기 야구 기자인 내 앞에 변화의 물결이 일렁이기 시작했다.

두산 그룹에도 변화가 있었다. 1998년 계열사인 OB맥주를 매각했다. 맥주로 대표됐던 소비재(B2C) 위주의 비즈니스 모델을 산업재(B2B) 중심으로 개편한 것이다. 1999년에는 야구단 이름을 OB 베어스에서 두산 베어스로 바꿨다.

지금도 별반 다르지 않지만 당시에는 프로야구의 산업적 가치는 크지 않았다. 적자를 내는 프로야구단을 그룹이 운영하는 이유는 소비자들에게 제품을 홍보하고, 브랜드 로열티를 얻기 위해서다. 중후장대(重厚長大) 사업에 집중하기 시작한 두산 그룹이 야구단에 투자할 이유가 줄어들었다.

마침 프로야구는 외국인 선수와 FA 제도를 도입했다. 급변하는 프로야구 환경은 구단들을 카오스로 몰아넣었다. 두산 구단과 선수단이 느끼는 혼돈은 특히 컸을 것이다.

"답답했습니다. 우리 구단은 다른 구단처럼 돈을 많이 쓸 수 없었으니까요. 그렇다고 가만히 있을 수 있나요? 가장 먼저 베어스 필드로 가봤죠."

당시 운영부장이었던 김태룡 단장이 회고했다. 1998년까지 2군 선수들은 경기도 이천에 있는 베어스 필드에서 훈련했다. 이곳은 OB맥주 공장 부지였다. 두산이 OB맥주를 매각했으니 더 이상 시설을 사용할 수 없었다.

김태룡 단장은 급한 대로 공터와 컨테이너를 빌렸다. 그 안에 옷을 갈아입고 식사를 할 수 있는 간이 시설을 만들었다. 가까운 곳에 숙소도 마련했다. 그리고 유망주 열 명을 추려 합숙훈련을 시작했다.

"다른 구단도 숙소를 운영하기는 했습니다. 그러나 보통 집이 먼 신인 선수들을 위한 시설이었죠. 우리는 그게 아니었어요. 가능성과 열정이 있는 선수들이 야구에 집중할 수 있는 환경을 만든 것입니다. 우선 열 명을 선발했습니다. 담당 코치도 뒀고요. 그러니까 선수들이 그 안에 들어가려고 경쟁하더라고요. 우리 팀의 미래가 밝다고 생각했습니다."

부자 구단이 비싼 선수들을 사들일 때, 어려운 구단은 2군에 투자할 생각조차 하지 못할 때, 두산은 미래를 위한 씨앗을 뿌렸다.

프로야구의 카오스 속에서 두산의 미러클이 시작됐다.

2001년 두산의 우승은 단기 성과였다. 부침이 있었지만 두산은 이후에도 꾸준한 성적을 냈다. 2000년 이후 2019년까지 20년 동안 두산은 열다섯 번 포스트시즌에 진출했다. 이 가운데 열한 번 한국시리즈에 진출했고, 네 번 챔피언에 올랐다.

두산이 2019년 한국시리즈 챔피언에 오른 날, 김태룡 단장은 축하 전화를 여러 통 받았다. '20세기 최강' 해태 인사들로부터도 많은 축하가 쏟아졌다.

해태 지휘봉을 잡고 아홉 차례 한국시리즈 우승을 이끌었던 김응용 대한야구소프트볼협회장은 "두산이 운영을 참 잘한다. 선수들이 계속 빠져나갔는데도,

또 우승했다"고 감탄했다. 해태 단장 출신인 이상국 전 KBO 사무총장은 "김태룡 단장은 내 후계자"라며 껄껄 웃었다.

21세기 프로야구에는 더 이상 해태처럼 장기 집권하는 팀이 나오기 어렵다. 신인 선수를 지명하는 연고권이 과거에 비해 약화됐다. 구단 간 전력 · 정보 격차도 줄어들었다. 자금력의 차이는 더 커졌다.

이런 환경에서는 전력의 양극화가 뿌리내리기 쉽다. 미국 메이저리그와 일본 프로야구도 부자 구단이 상위권을 차지하면 좀처럼 내려오지 않는다. 가끔 스몰마켓 구단이 돌풍을 일으키는 경우가 있다. 때로는 우승까지 차지하기도 한다. 그러나 그건 대개 일시적이다.

두산은 자본주의의 전쟁터에서 20년 이상 이겨왔다. 매일 이기고, 매년 우승한 건 아니다. 실수도 하고, 패배도 했다. 하지만 내일은 이길 수 있고, 내년에는 다시 우승에 도전할 수 있는 팀을 만들었다. 불운을 극복하고, 행운을 놓치지 않는 시스템을 구축했다.

사람이 재산이다. 사람이 미래다. 두산에서는 누가 떠나도 누군가 공백을 메운다. 사람을 존중하고, 사람이 마르지 않는 야구, 그게 두산 야구의 핵심이다.

언젠가부터 두산의 시스템을 '화수분 야구'라고 부른다. 재물이 계속 나오는 보물단지라는 뜻이다. 뛰어난 선수가 계속 나오는 두산 야구를 상당히 잘 표현한 단어가 틀림없다.

두산이 21세기 최강 팀이 되는 과정을 기자로서 취재할 수 있었던 것은 큰 행운이었다. 감탄만 할 것이 아니라 그들에게 묻고, 내가 이해해서, 독자들에게 전해야 할 책임이 있었다.

모든 취재는 '왜'라는 질문으로부터 시작한다.

김태룡 단장에게 가장 먼저 물었다. 동아대 야구선수 출신으로 롯데 자이언츠에서 7년 동안 스카우트로 일한 그는 1991년 OB 베어스에 입사했다. 말단 직원에서 시작해 단장에 오르기까지 산전수전을 다 겪은 인물이다.

"1995년 우승 직후 전력이 확 약해졌어요. 한국시리즈 MVP 김민호가 부상을 입자 대체할 유격수가 마땅치 않았습니다. 좋은 선수가 나오기를 기다리기만 해서는 안 되겠다고 생각했죠. 이후에는 포지션 공백을 대비했습니다. 김민호 은퇴 후 신고 선수(연습생) 손시헌이 유격수를 차지한 것이 그 시작이죠."

지금 생각하면 그리 특별하지 않은 말이다. 그러나 당시에는 선수 육성이라는 개념이 거의 없었다. 1995년 우승 후 이듬해 OB는 최하위로 떨어졌다. 챔피언의 영광과 자존심을 하루아침에 잃을 수 있다는 아픈 현실을 뼛속에 새겼다. 두산이 견고한 육성 시스템을 만드는 계기가 되기도 했다.

"한 포지션에 세 명의 선수가 준비돼야 한다고 생각했습니다. 주전 선수, 주전과 경쟁하고 협력할 백업 선수, 그리고 미래 자원으로 쓸 선수까지 필요하죠. 고등학교 저학년 선수부터 정보를 모읍니다. 기량과 잠재력, 인성 등의 요소를 고려해 스카우트 합니다."

주전 선수는 백업 선수를 의식하면 나태해질 수 없다. 백업 선수는 주전 선수와 경쟁하고자 열심히 뛴다. 유망주는 미래를 꿈꾸며 땀을 흘린다. 경쟁과 협력이 잘 조화된 구조다.

화수분은 저절로 금은보화를 만든다. 두산 야구는 거저 얻는 게 없다. 화분에 흙을 담고, 씨앗을 심고, 물을 주는 과정을 하나도 빼놓지 않는다. 온갖 노력과 정성을 기울여 예쁜 꽃과 열매를 얻는 것이다.

두산의 화분은 베어스 필드에 있다. 1983년 프로야

구 최초의 2군 경기장을 이천에 만들었는데, 1군 구장보다 시설이 좋았다. OB맥주 공장 부지를 떠나 두산은 2005년 12월 새 베어스 필드를 선보였다. 2014년 8월에는 신축 베어스 필드가 완공됐다.

베어스 필드는 경기장뿐 아니라 트레이닝 센터, 클럽하우스 등의 시설을 최신식으로 갖추고 있다. 식당에서 주는 밥도 특급 맛집 수준이다. "2군으로 떨어졌다고 괴로워하는 1군 선수도 베어스필드 밥을 먹으면 기운을 차린다"는 농담도 있다.

더 중요한 건 선수들의 경쟁심과 성취욕이 곳곳에서 넘친다는 점이다. 두산의 일원이 됐다는 자부심, 한 단계씩 성장하고 있다는 자신감, 노력과 성과를 반드시 알아줄 거라는 믿음이 두산 선수들의 땀방울에서 배어 나온다.

이런 시스템 아래서는 특정 선수가 이탈해도 크게 흔들리지 않는다. 주전 선수가 FA가 될 때 백업 선수는 주전급으로 성장한다. 때문에 두산은 항상 젊고 열정적이다. 체계적으로 성장한 선수들이 전성기에 진입하면 주전으로 도약할 확률이 높다. 이런 선순환 구조를 유지하고자 군복무 계획도 정확히 계산한다.

"예전 감독님들은 선수들이 군대 가는 걸 싫어했습니다. 당장 한 명이라도 더 쓰고 싶기 때문이죠. 제가 운영부장을 할 때 감독님들과 많이 싸웠습니다. 군대를 제때 다녀와야 선수가 적체되지 않습니다."

김태룡 단장을 비롯한 구단 직원들이 가장 중요하게 생각한 건 '세대 순환'이다. 인위적인 의미의 '세대교체'와 다르다.

2000년 이후 여러 선수가 두산을 떠났다. 이 멤버들로 국가대표 팀을 구성할 수 있을지도 모르겠다. 많은 스타들을 떠나보냈는데도 2019년의 두산 선수단은 여전히 국가대표 클래스다.

2000년 이후의 두산 베어스

연도	성적	순위	FA 계약
2000년	76승57패	준우승	
2001년	65승5무63패	우승	조계현 재계약 (1년 2억800만원)
2002년	66승2무65패	5위	
2003년	57승2무74패	7위	안경현 재계약(4년 15억원)

2004년	70승1무62패	3위	정수근 롯데 이적(6년 40억원)
2005년	72승3무51패	준우승	
2006년	63승3무60패	5위	전상열·김창희·홍원기 1년 재계약
2007년	70승2무54패	준우승	박명환 LG 이적(4년 40억원)
2008년	70승56패	준우승	김동주 재계약(9억원)
2009년	71승2무60패	3위	홍성흔 롯데, 이혜천 일본 이적
2010년	73승3무57패	3위	
2011년	61승2무70패	5위	
2012년	68승3무62패	3위	김동주·임재철·정재훈 재계약
2013년	71승3무54패	준우승	홍성흔 재영입(4년 31억원)
2014년	59승1무68패	6위	이종욱(4년 50억원)과 손시헌(4년 30억원) NC 이적, 최준석 롯데 이적(4년 35억원)
2015년	79승65패	우승	장원준 영입(4년 84억원)
2016년	93승1무50패	우승	김현수 미국 이적, 오재원 재계약(4년 38억원), 고영민 재계약(1+1년 5억원)
2017년	84승3무57패	준우승	이원석 삼성 이적(4년 27억원), 김재호 재계약(4년 50억원), 이현승 재계약(3년 27억원)
2018년	93승51패	준우승	민병헌 롯데 이적(4년 80억원), 김승회 재계약(1+1년 3억원)
2019년	88승1무55패	우승	양의지 NC 이적(4년 125억원)

이 표를 보면 두산이 왜 21세기 최강 팀인지 알 수 있다. 많은 스타들이 떠났지만, 더 많은 스타가 탄생했다. 전 세계로 영토를 넓혀 '해가 지지 않는 제국'이 됐던 영국이나 스페인처럼, 두산은 '별이 지지 않는 구단'이다.

요즘 야구팬들은 그냥 서포터가 아니다. 자신이 구단을 꾸리고 운영하는 야구게임이 유행하기 때문인지 경영자의 시선으로 야구를 보기도 한다.

그들에게 보여주고 싶다.

프로야구 최고의 실적이 여기 있다.

20년 동안 이렇게 많은 선수들이 떠났다. 보통 큰돈을 받고 팀을 옮기는 선수의 성공률은 절반 정도다. 그러니까 부상과 부진과 부담을 이겨내지 못하는 경우가 많다.

메이드 인 두산 선수들은 어떤가? 그들은 다른 팀에 가서도 먹튀 하지 않는다. 열심히 뛰고, 좋은 성과를 낸다. 그래서 두산 선수라면 믿고 영입한다. 두산은 리그 모두를 위한 화수분이다.

한번 상상해보자. 두산의 구단주가 되는 것이다. 꿈

꾸는 데에는 돈이나 힘이 들지 않으니 마음껏 하시길.

프로야구 11번째 구단의 창단 승인을 위한 구단주 총회. 몇 년에 한 번 열리는 이 자리를 은근히 기다려왔다.

"아이고, 우승 팀 구단주님 오셨습니까?"

2025년 한국시리즈에서 패한 팀의 구단주가 크게 소리친다. 2024년 두산의 FA를 비싸게 사가고도 우승하지 못한 스트레스를 감추려고 선수 치는 게 틀림없다.

"허허. 별말씀을요. 한두 번도 아닌데요."

이만하면 잘 받아친 것 같다.

"두산은 우승을 하도 많이 해서 보험사에서 우승 보험도 안 들어준다던데요?"

다른 구단주가 끼어들었다.

"보험은 사고를 대비하는 거잖습니까? 두산 우승이 사고는 아니니까요. 일상이죠. 허허허."

이번에도 잘 대처한 것 같다.

나를 부러워하는 저들의 표정을 보라. 사진 한 장 찍어두고 싶다.

"우리는 5년째 가을야구를 하지 못하니까 불매 운동이 일어날 것 같아요. 구단주님은 야구단 운영하시는 맛이 나겠습니다."

아, 저분은 놀리면 안 된다. 야구팀에 꽤 많이 투자하는 구단주다. 직원들이 말아먹고, 선수들이 비벼먹을 뿐.

"우린 소비재가 없긴 하지만……. 두산 야구단 자체가 소비재죠. 두산을 목 놓아 외치는 열성 팬들이 수십, 수백만 명인데요. 허허허."

이러면 안 되는데……. 또 저들의 가슴에 대못을 박았다. 이제 말을 줄여야겠다.

11구단 창단을 위한 논의가 시작됐다. 지루한 토론이 이어지는 내내 어떤 구단주가 나를 계속 훔쳐보고 있다.

"구단주님, 갑자기 말씀을 안 하시네. 그런데 계속 웃으시네요?"

두산 사랑과 재채기는 숨기지 못한다.

이미 가졌지만, 더 갖고 싶다. 또 갖고 싶다. 두산 베어스.

다른 구단들이 두산의 육성 시스템을 탐낸 건 당연했다. 2008년 창단한 키움 히어로즈(당시 우리 히어로즈) 관계자는 이렇게 말했다.

"많은 사람들이 우리의 지향점을 '머니볼'이라고 생각합니다. 그러나 미국과 우리나라의 야구 환경은 많이

다릅니다. 우리는 두산 같은 시스템을 갖는 게 목표입니다."

책과 영화로 소개된 '머니볼'은 메이저리그 오클랜드 애슬레틱스의 성공 스토리를 다뤘다. 세이버메트릭스(야구를 통계학 · 수학적으로 분석하는 방법론)를 기반으로 한 오클랜드 구단이 저비용 · 고효율의 야구를 구현하는 내용이다.

메이저리그는 산하 마이너리그 팀들과 계약 관계다. 다른 메이저리그 팀들과 트레이드도 활발하다. 때문에 선수를 사고팔면서 경영효율을 높일 수 있다. 반면 한국은 구단 간 거래가 많지 않다. 아마추어 시장도 작다. 때문에 선수 육성이 가장 중요하다.

히어로즈를 비롯한 대부분의 구단들이 두산의 육성 시스템을 벤치마킹 했다. 이제 10개 구단의 하드웨어는 큰 차이가 없다. 그러나 두산처럼 안정적으로 육성 시스템을 운영하는 팀은 아직 없다. 그만큼 두산은 아주 특별한 자산을 갖고 있다.

이 말은 두산은 더 이상 박철순 선수의 투혼에 기대지 않는 팀이 됐다는 의미다. '불사조의 투혼'이 '화수분 시스템'으로 부활했다.

5TH INNING

전지적 두산 팬 시점

회사 안의 야구 팬들은 내게 다양한 질문을 한다. 그 중 가장 점잖은 분이 정현목 선배다. 품성이 원래 그렇기도 하지만, 아마 두산 팬이어서 더 그럴 것이다. 가진 자의 여유 때문일까?

정 선배가 문화부에서 영화를 담당하던 2013년이었다. 당시 영화 〈미스터 고〉가 개봉했는데 영화 기자가 아닌 야구 기자 입장에서 이 영화를 다루는 게 어떻겠느냐고 내게 제안했다. 덕분에 김용화 감독을 만나 영화 얘기 반, 두산 얘기 반 정도 했던 것 같다. 세상은 넓고, 두산 팬은 많다.

그때부터 정 선배는 수시로 묻는다. 올해 두산 전력은 몇 위 정도일지, 조쉬 린드블럼 선수는 잘 데려온 건지, FA가 되는 양의지를 두산이 정말 잡지 못하는 건지.

선배께 미안하지만 내가 정확한 답을 한 적은 별로 없다. 심지어 2018년 한국시리즈를 앞두고는 나는 이렇게 말했다.

"뭘 그렇게 걱정하세요? 두산이 플레이오프부터 치르고 올라왔다면 모를까 한국시리즈에서 기다리잖아요. 포스트시즌 한 경기를 뛸 때마다 선수들이 받는 대미지가 얼마나 큰데요. 걱정 마세요. 다들 '어우두(어차피 우승은 두산)'라고 하잖아요."

이렇게 말한 지 일주일 만에 두산은 SK에 2승 4패로 졌다. 이후 정 선배는 날 별로 신뢰하지 않는 것 같았다. 그래도 할 말은 없었다.

2019시즌에도 선배는 두산에 대해 질문했다. 대신 묘한 변화가 느껴졌다. 전망을 묻지 않고 정보를 얻으려 했다. 새 외국인 타자 호세 페르난데스는 어떤 선수인지, 2018년 한국시리즈에서 부상을 입었던 김재환은 잘 회복한 것인지.

"도대체 김태형 감독은 왜 자꾸 오재원 선수를 고집하는 거예요?"

2019년 정 선배가 가장 많이 한 질문이다. 무기력한 나의 대답은 늘 비슷했다.

"주장 역할 때문 같아요. 아시다시피 두산은 다른 팀보다 주장의 책임과 권한이 크잖아요."

"그래도 오재원 선수가 너무 부진하잖아요. 오재원 선수, 혹시 김재원 아니야? 김태형 감독 아들 김재원."

두산이 정규시즌에서 극적인 역전 우승을 차지한 날, 정 선배는 "야구는 역시 끝날 때까지 끝나지 않는 것"이라고 흥분했다. 한국시리즈 챔피언 트로피를 들어올린 날에는 "당분간 밥 안 먹어도 배 안 고프겠다"고 했다.

그렇게 좋을까? 5년 동안 세 번이나 우승했는데도 저렇게 행복할까? 이번에는 내가 질문하고 싶었다. 왜 두산이 좋은지 40대 남자 팬 입장에서 설명해 달라고 했다.

두산이 왜 좋으신가요?

"글쎄. 사실 잘 모르겠어요. 나와 두산은 아무런 연고가 없거든. 어렸을 때 친구들 중 MBC 팬이 많았어요. 그런데 난 이상하게 OB에 끌리더라고. 두산 마스코트 있죠? 그 곰돌이. 그게 그렇게 예쁘고 귀엽더라고. 그리고 어린이 회원에게 주는 기념품 세트도 무척 좋았어요."

정말 그게 이유인가요?

"멋진 이유를 말하라고 하면 얼마든지 할 수 있죠. 그런데 이게 내 솔직한 마음이었어요. 그냥, 처음부터 좋았어요."

그 다음에는요?

"팬이 되고 나서는 박철순 선수의 불꽃같은 피칭을 당연히 좋아했죠. 팬들에게는 신화 같은 스토리예요. 야구를 매일 보기 시작한 건 2000년대 중반이에요. 허슬두! 몸 사리지 않고 악착같이 뛰는 모습이 정말 멋있었어요. 안타를 치고도 어떻게든 한 베이스 더 가려는 근성, 질 때 지더라도 끝까지 상대를 물고 늘어지는 끈기를 응원하지 않을 수 없었죠."

한국시리즈에서 SK에게 2년 연속 졌을 때였네요.

"아쉬웠지만 어쩌겠어요? SK가 워낙 강했잖아요. 항상 이겨서 두산을 좋아하는 게 아니에요. 최선을 다해서 좋아하는 거지."

주요 선수들이 계속 떠났을 때는 어땠나요?

"사실 마음이 아프죠. 멋진 가을 야구가 끝나고 맞이하는 겨울이 허망할 때가 있어요. 그런데 어쩌겠어? 그게 두산 팬의 숙명인 걸. 그룹과 구단은 주어진 상황에서 최선을 다하고 있어요. 팬들도 그걸 알죠."

2019년 특히 행복했겠습니다.

"양의지 선수가 '두산 전력의 절반'이라는 평가를 받았잖아요. 그가 떠나자 걱정이 컸죠. 그 공백을 박세혁 선수가 정말 잘 메워줬죠. 백업이었던 선수가 너무 잘하니까 놀랐죠. 정말 두산은 대단한 팀이구나 싶었어요. 아무리 어려운 상황에서도 두산은 해결책을 찾을 거라는 믿음이 생겼어요. 영화 '인터스텔라'의 카피 같네요. 두산은 답을 찾을 것이다. 늘 그랬듯이."

한국시리즈에서 오재원 선수가 활약하는 걸 보고 어떤 생각이 들었나요?

"우승 후 오재원 선수 인터뷰를 봤어요. 1년 동안 팬들과 동료들에게 너무 미안했다고 말하는데, 그의 눈물이 진심인 걸 알겠더라고. 나도 같이 울었어요."

오재원 선수가 부진할 때 화내지 않으셨나요?

"음…. 결국 마지막에 해냈잖아요. 2019년 한국시리즈는 두산 정신의 총화를 보여준 것 같아요."

그래서 오재원 선수에게 박수를 보내셨나요?

"오재원 선수 비난했던 거 반성합니다. 나 말이에요. 속으로 반성문을 썼다고. 살다 보면 못할 수도 있죠. 내가 잘못 생각했어요. 오재원 미워하면 두산 팬 아니야."

40대 아재의 마음은 기쁨으로 충만해 있었다.

또 다른 마음은 어떨까? 정 선배가 소개해준 30대 여성 팬을 만났다. 10년 넘게 두산을 응원하는 김건희 홍보 · 커뮤니케이션 프리랜서다.

건희 씨는 두산이 왜 좋았어요?

"저의 20대는 무료했어요. 고민도 많았고요. 뭐 재밌는 거 없나 하고 찾다가 야구 기사를 봤어요. 왜 야구 기사는 매일 신문에 나오지? 그게 궁금해서 야구 입문서를 보며 공부했죠. 그러다가 이종욱 선수가 눈에 딱, 하고 들어왔어요."

어떤 점이 좋았나요?

"먼저 날렵한 몸매가 눈에 들어왔어요. 몸을 날려서 슬라이딩 하느라 유니폼에 항상 흙이 묻어 있잖아요. 그게 정말 멋있었어요. 게다가 잘 생겼잖아요. 승부욕에 불타는 그 눈빛 아시죠?"

이종욱 선수가 불씨였군요.

"인간적인 면도 좋았어요. 이종욱 선수와 손시헌 선수의 우정 이야기는 정말 아름답지 않나요? 순애보 같은 사랑을 한 분과 결혼한 것도 멋있었고요."

이종욱 선수가 NC로 이적했을 때 어땠나요?

"아, 정말 고민했어요. 이종욱 선수를 따라서 NC로 가야 하나 싶었죠. 그런데 안 되더라고요. 이미 두산을 너무 좋아하게 되어서요. 이종욱 선수가 떠난 뒤에는 오재원 선수에게서 그런 매력을 발견했어요."

이종욱 선수가 떠나도 두산 야구는 여전히 재밌나요?

"그럼요. 저녁에 경기 보고, 아침에 기사 보는 재미로 살아요. 시즌이 끝나면 SNS에 '사랑합니다. 고맙습니다. 더 응원하겠습니다'라고 글을 써요. 토미 라소다 감독이 '1년 중 가장 슬픈 날은 야구가 끝나는 날'이라고 하셨잖아요. 저도 딱 그래요. 그런 면에서 두산이 정말 좋아요. 빠짐없이 포스트시즌에 진출해서 야구를 오래 볼 수 있잖아요."

우승을 못해도요?

"그럼요. 두산 전력이 압도적으로 강하지 않다는 걸 팬들도 잘 알아요. 그런 상황에서도 잘해주니까 매우 고맙죠. 2018년 한국시리즈에서 김재환 선수가 빠졌잖아요. 그래도 6차전까지 싸운 건 대단하다고 생각해요."

야구장에 자주 가나요?

"야구를 좋아하는 가장 큰 이유가 응원하는 재미예요. 두산 응원석은 대낮의 나이트클럽 같아요. 정수빈, 류지혁, 김재호 선수 응원가가 특히 신나거든요. 우리는 오늘 져도 괜찮아요. 내일은 이길 거니까. 또 두산에 야구만 있나요? 예쁜 굿즈도 정말 많아요. 두산 유니폼도 다섯 벌 가지고 있어요."

야구 얘기를 하는 건희 씨에게서 주체할 수 없는 행복이 느껴졌다. 팬들에게 이 정도로 기쁨을 준다면 두산 베어스는 사회적 기업에 가깝다는 생각이 들었다.

건희 씨는 "더 젊은 팬 얘기도 들어 보실래요?"라며 20대 여성을 소개해줬다.

광고기획사에서 일하는 이로운 씨다.

언제부터 두산을 좋아하셨나요?

"2015년 입사해서 팀장님 따라 잠실구장에 처음 갔어요. 팀장님이 열혈 두산 팬이시거든요. 저는 팀장님 팬이었고요. 그래서 '저도 두산 팬 할게요' 이렇게 됐죠. 2015년 제 생일에 두산이 한국시리즈에서 우승했어요. 친구들과 생일 파티 하면서 계속 야구만 보고……. 생일 파티가 아니라 우승 파티였어요."

첫눈에 반한 게 아니라 우연히 사랑을 시작했네요.

"두산 야구를 보고 홀딱 반했어요. 어쩜 그렇게 재미있게 야구를 하는지. 두산 동호회에 가입해서 지금까지 열심히 활동 중이에요. 좋은 친구들도 거기서 많이 만났고요."

지금은 두산을 얼마나 좋아하나요?

"잠실구장은 1년에 30번 정도 가요. 그리고 매년 1박 2일 일정으로 지방 원정응원을 가요. 대전, 대구, 부산, 광주, 창원을 1년에 한 번씩."

직장 생활하면서 그게 가능한가요?

"주말에 가는 거죠. 수도권에서 경기를 하면 원정 팀 팬들도 꽤 오거든요. 그런데 우리 선수들이 지방으로 가면 응원해주는 팬이 별로 없어요. 나라도 가서 응원해야겠다는 생각이 들어요."

어떤 선수를 가장 좋아하나요?

(1초도 망설이지 않고) "허경민 선수요."

아, 열심히 하고 잘해서?

"정수빈 선수, 박건우 선수도 열심히 하시고 잘하시죠. 외야수도 멋지지만 내야수의 플레이는 뭐랄까, 야성적이에요. 동물적으로 반응하고 움직이는 게 섹시해요. 그래서 허경민 선수가 제일 잘생겨 보여요."

네? 제일 잘생겼다고요?

"아니요. 잘생겨 보인다고요. 허경민 선수가 결혼한 날, 저는 술 퍼마셨어요."

두산 분위기가 어떤 거 같아요?

"젊고 역동적이잖아요. 김태형 감독님도 젊으시죠. 우승하고 선수들과 셀카 세리머니 같이 하시고. 그게 좋아요."

두산 구단은 어때요?

"미울 때가 있어요. 우리 선수들이 FA 되면 잘 안 잡아주니까요. 그런데 다른 선수들도 그만큼 잘하잖아요. 국가대표팀에 두산 출신 선수들이 많은 걸 보면 뿌듯하기도 해요. 국가대표팀이 우리 팀 같아요."

젊은 팬이어서 그런지 솔직하다. 톡톡 튄다.

로운 씨의 말을 듣고 난 뒤 허경민 선수가 더 잘생겨 보였다.

이번에는 더 젊은 팬, 10대 남학생 이시언 군 얘기를 들어봤다.

언제부터 두산을 좋아했어요?

"초등학교 1학년 때 친구 엄마가 잠실야구장에 데려가 주셨어요. 거기서 맛있는 치킨을 먹었어요. 그 기억이 좋았어요."

치킨이요? 야구가요?

"처음엔 치킨 때문이었던 것 같아요. 그러다 점점 두산 야구에 빠져들었어요. 저는 김재환 선수를 가장 좋아해요. 꼭 쳐줬으면 좋겠다 싶을 때 결정적인 한 방을 날려주거든요."

두산 야구의 어떤 점이 좋아요?

"지고 있어도 최선을 다해요. 선수들이 포기하지 않으니까 응원하는 맛이 나요. 희망을 잃지 않고 뛰고 달리다 보면 정말 기적처럼 역전승 하는 일이 생기니까요."

어린 눈에도 그게 보이는 군요.

"두산 선수들을 보면서 저도 야구 선수가 되는 꿈을 꾸었어요. 아빠와 캐치볼을 하고, 친구들이랑 야구 시합을 하면서요. 그런데 야구 선수가 될 정도의 소질이 제게 없다는 걸 알게 됐어요. 제가 좋아하는 것과 잘할 수 있는 건 다르다고 느꼈죠."

저런. 그래서 꿈을 포기했나요?

"여전히 야구를 좋아하지만 선수가 될 수 없다는 걸 알아요. 대신 두산 선수들을 응원하죠. 제 꿈을 대신 이뤄주는 선수들이에요."

두산 팬이라는 게 언제 가장 자랑스러워요?

"아빠가 LG 팬이거든요. 아빠 가족들도 다 LG 팬이에요. 전 두산이 우승하면 가족들 앞에서 막 자랑해요."

두산 팬으로서 가장 즐거웠던 순간은요?

"2019년 정규시즌 마지막 경기요. 아홉 경기 차로 뒤져 있다가 마지막 순간에 SK를 제치고 우승했을 때 정말 짜릿했어요. 지금 가족과 함께 미국에 살고 있는데요. 두산 경기 하이라이트를 꼭 챙겨 봐요. 중요한 경기는 생방송으로 보고요. 메이저리그보다 두산 야구가 더 재미있어요."

우연처럼 두산과 만났다. 운명처럼 두산을 사랑하고 있다. 작은 불씨가 뜨거운 불꽃을 일으켰다. 사랑을 시작한 순간은 각자 달랐지만, 사랑을 지탱하는 이유는 엇비슷했다.

열정.

끈기.

뚝심.

그리고 멋짐.

다른 한 명의 두산 팬이 떠올랐다. 웬만한 연간회원보다 잠실구장에 더 자주 등장했던, 자신이 두산 팬이라고 전국에 광고를 하고 다녔던, 한국을 떠난 뒤에도 두산 경기 때 느닷없이 등장하는 마크 리퍼트 전 주한 미국대사다.

2016년 6월 리퍼트 대사와 인터뷰할 기회가 있었다. 리퍼트 대사에게 민감한 정치 · 경제 이슈 말고, 야구 얘기만 하자고 제안했더니 흔쾌히 인터뷰를 수락했다. 한국에 온 지 17개월밖에 되지 않은 그의 한국어 실력은 17년쯤 배운 내 영어보다 나았다.

야구장에 자주 가시던데요. 지방에서도 여러 번 뵈었습니다.

"저는 한국 야구팬입니다. 무엇보다 야구장 분위기가 정말 좋습니다. 맛있는 음식도 많이 먹을 수 있어요. 가족들과 여가를 즐기기도 하고, 다른 나라 대사님들에게도 야구 보러 가자고 합니다. 영국이나 인도 등 야구를 잘 모르는 나라 대사님들도 한국 야구를 보면 정말 즐거워하십니다."

특히 어떤 점이 가장 재미있던가요?

"두산 오재원 선수의 응원가 아시죠? 오! 재원이 안타~! 기발한 응원가를 부르고 치맥과 김밥을 먹는 걸 좋아합니다. 아, 한국 팬들 먹성이 정말 놀라워요. 고등학생이 피자 일곱 판을 들고 가는 걸 봤어요. 그런데도 한국 사람들이 날씬해서 더 놀랐습니다."

어떤 선수를 좋아하시나요?

"오재원 선수의 플레이를 좋아합니다. 콘택트 능력이 좋아 쉽게 아웃되지 않아요. 무엇보다 허슬 플레이를 하잖아요. 투수 중에서는 같은 미국 출신인 더스틴 니퍼트를 좋아합니다. 똑똑하고 컨트롤이 뛰어난 투수죠. 어쩌다 보니 두산 선수들만 꼽았네요."

한국 야구를 주제로 한 인터뷰는 가끔 길을 잃었다. 두산 얘기가 너무 많다 싶으면 리퍼트 대사는 의식적으로 다른 팀과 선수를 언급했다. 그러다 결국 두산으로 돌아왔다.

팬들 마음이 다 이렇다. 어우두, '어차피 우리는 두산'이니까.

6TH INNING
허슬이 머슬

2000년대 초반 두산을 취재하면서 조금 오해한 부분이 있었다. 선수들이 워낙 쾌활하고 말을 잘해서 그들이 '반 연예인'이라는 (다른 팀 선수들) 말에 동의한 적이 있었다.

더 오래 두산을 지켜보니 내가 틀렸다는 걸 알 수 있었다. 두산 선수들 대부분은 그라운드에서 아낌없이 몸을 던진다. (모두 그렇다는 말은 아니다.) 승리하기 위해 최선을 다하는 것, 그게 두산 선수들이 생각하는 최고의 가치라는 걸 느꼈다.

당연히 그래야 하는 것 같지만 실제로 그런 팀은 많지 않다. 똘똘 뭉친 것 같다가도 어느새 균열이 생긴다. 정상에 오르는 것보다 정상을 지키는 것이 그래서 어렵다.

두산은 오랫동안 이런 문화를 만들고 지켜왔다. 이건 구단이 주도적으로 할 수 있는 일은 아니다. 선수단, 즉 감독 이하 코치들과 선수들이 함께하는 일이다.

1994년 9월 4일, OB 베어스에서 초유의 선수단 이탈 사건이 일어났다. 당시 윤동균 감독과 갈등하던 선수들이 야구를 하지 않겠다며 팀을 떠나버린 것이다. 1995년 OB 새 사령탑으로 김인식 감독이 부임했다. 감독 선정 과정에서 여러 후보들이 올랐다고 알려졌다. OB가 김인식 감독을 선택한 가장 큰 이유는 인화력이 뛰어나다는 평판 덕분이었다.

내홍을 겪은 팀이라고 믿기지 않게 OB는 1995년 정규시즌과 한국시리즈 우승을 차지했다. 김상호, 김형석, 김민호, 심정수, 안경현, 이도형, 정수근 선수가 공격을 이끌었다. 마운드에서는 박철순, 장호연, 김상진, 권명철 등 베테랑 투수뿐 아니라 진필중, 이용호 등 젊은 투수들의 활약도 돋보였다.

1994년 7위 팀이었고, 1995년을 시작할 때만에도 꼴찌가 유력했던 팀이 단숨에 챔피언이 됐다. 이 정도면 감독이 공치사를 할 만했다. 그러나 김인식 감독은 선수들에게 감사 인사를 먼저 했다.

"열심히 싸워준 선수들이 정말 고마워요. 전력을 보면 부족한 게 사실 많았죠. 그러나 전지훈련 때 보니까 선수들이 강하게 뭉쳐 있었습니다. 해볼 만하다고 생각했죠. (나중에는) 선수층이 두터워졌어요."

김인식 감독은 2001년 또 다시 두산의 우승을 이끌었다. 6년 전과 비교해 우승 멤버는 대부분 바뀌었다. 그래도 그의 인터뷰는 크게 달라지지 않았다.

"준플레이오프부터 시작하느라 많이 힘들었습니다. 특히 마지막 한국시리즈 6차전이 가장 어려웠죠. 선수들 부상이 많았어요. 그런데도 끝까지 최선을 다해줬어요. 선수들이 너무 고맙습니다."

인터뷰 말미에 김인식 감독은 기자들로부터 "김응용 삼성 감독을 이긴 소감이 어떻습니까"라는 질문을 받았다. 그는 "삼성이 당연히 우승할 거라는 기대가 너무 커서 김응용 감독이 부담을 느꼈던 것 같습니다. 한국시리즈 결과를 떠나 삼성이 정규시즌 1위를 했으니 충분히 잘하셨습니다"라고 말했다.

2001년 한국시리즈에서 우승한 김인식 감독은 장군 같았다. 용맹하고 지략도 갖췄지만 무엇보다 사람 마음을 움직일 줄 아는 덕장(德將)이었다. 선수들에게 공로를 돌리고, 적장을 충분히 예우했다. 강한 리더십이 경쟁하던 시대, 보기 드문 감독이었다.

김인식 감독의 리더십은 언론을 통해 많이 소개됐다. 특히 월드베이스볼클래식(WBC) 국가대표팀 감독으로서 그가 2006년(4강)과 2009년(준우승) 좋은 성과를 냈을 때 많은 기사들이 쏟아졌다. 김인식 감독의 리더십을 압축하는 키워드는 '믿음의 야구'였다.

나는 이 말이 듣기 좋았다. 그러다 곰곰이 생각해 봤다. 선수를 믿는다고? 그럼 다른 선수는?

야구는 투수를 포함해 열 명으로 선발 라인업을 구성한다. '믿음의 야구'를 한다고 스무 명을 내보낼 수는 없지 않은가? 다른 팀보다 엔트리에 더 많은 선수를 포함할 수도 없지 않은가? A선수에게 '믿음의 야구'가 B선수에게는 '불신의 야구'인 것은 아닌가?

이런 의문을 가지고 김인식 감독을 더 오래 관찰했다. 2006년 한화 이글스로 이적해서도 계속 그랬다.

'믿음의 야구'의 요체는 선수를 보는 안목이었다. 잠재력이 있는 선수를 알아보고, 믿고, 기다리는 거였다.

1995년 홈런(25개)과 타점(101개) 2관왕에 오른 김상호 선수가 대표적인 성공 사례였다. 그는 넓은 잠실구장을 쓰는 타자로는 사상 처음으로 홈런왕을 차지했다. 은퇴 후 김상호 선수는 한 인터뷰에서 이렇게 말했다.

"김인식 감독님을 만나기 전에는 제 재능을 꽃피우지 못했어요. 전 아래에서 위로 퍼 올리는 '어퍼 스윙'을 했습니다. 그때는 그런 스윙을 하면 감독, 코치님들이 혼냈거든요. 그런데 김인식 감독님은 더 크게, 더 세게 치라고 하셨어요. 내야를 꿰뚫는 안타를 때리면 오히려 야단을 치셨어요. 아웃이 되어도 좋으니 공을 띄우라고 하셨습니다. 감독님이 저를 믿어주신 덕분에 제가 야구 선수로서 새로 태어날 수 있었습니다."

'어퍼 스윙' 궤적을 유지해 타구 발사각을 높이라는 주문이었다. 2016년 이후 메이저리그를 강타한 뜬공 혁명(Fly Ball Revolution)을 김인식 감독이 무려 20년 전에 주장한 것이다. 이후 심정수 선수와 정수근 선수 등도 김인식 감독의 믿음을 배경으로 성장했다.

김상호 선수에 이어 두 번째로 '잠실 홈런왕'에 오른 타이론 우즈도 비슷한 과정을 거쳤다. 1998년 시즌 초 우즈는 전형적인 '공갈포'였다. 파워는 뛰어났지만 기교가 떨어졌다. 바깥쪽으로 흘러나가는 변화구에 특히 속수무책이었다. 투구 궤적과 우즈의 스윙 궤적이 30센티미터 이상 차이 나기도 했다. "쟤는 프로 선수도 아니다"라는 비웃음이 나왔다.

김인식 감독은 이런 비난에 귀를 닫았다. 그리고 우직하게 우즈를 붙박이 3번 타자로 기용했다. 한국 투수들의 변화구와 스타일에 적응하면 반드시 좋은 타자가 될 것이라고 믿었다. 사실 우즈 외에는 마땅한 1루수가 없기도 했다.

우즈의 잠재력은 후반기에 폭발했다. 홈런 레이스에서 독주하던 삼성 이승엽 선수를 추격해 끝내 1998년 홈런왕(42개)에 올랐다. 한화 장종훈 선수의 한 시즌 최다 홈런(41개)을 경신한 대기록이었다. 우즈는 두산에서 활약한 5년 동안 174홈런을 터뜨렸다.

우즈는 메이저리그에 한 번도 오르지 못한 선수였다. 별 볼 일 없던 그가 한국 프로야구 홈런왕이 됐고, 일본 프로야구에서도 세 차례나 홈런왕에 올랐다. 마이너리그 시절 생활비가 모자라 마트에서 아르바이트를 했다던 그가 '야구 재벌'이 된 것이다.

2007년 2월 주니치 드래건스 취재를 가서 우즈를 만났다.

"나 기억나? 2001년 두산이 우승할 때 담당 기자였어. 당신의 아내 셰릴 블랙과도 인터뷰한 적이 있는데."

"오, 그래? 얼굴 보니 알 것 같기도 해."

"일본에서도 대단한 스타가 됐더라. 축하해."

"고마워. 이게 다 나를 믿어준 김인식 감독 덕분이지. 지금도 명절 때마다 전화 드리고 있어."

훈훈한 대화가 오갔다.

김인식 감독에게 우즈와의 대화를 전했다.

"그 녀석은 만날 전화해. 영어로 떠드는데 귀찮아 죽겠어."

김인식 감독이 밀어준 선수들은 대부분 믿음에 보답하는 성적을 냈다. 때문에 그의 선수기용이 불공평하다는 비판은 거의 나오지 않았다. 또한 김인식 감독은 핵심 포지션을 제외하면 여러 선수들을 폭넓게 쓰는 경향이 있었다. '믿음의 야구'의 뒷면이 '불신의 야구'는 아니었던 것이다.

김인식 감독은 선수들에게 말을 많이 하지 않았다. 그러다 툭 던지는 한마디. 그게 농담일 때도, 격려일 때도 있었다. 야구 이론에 대한 묵직한 메시지일 때도 있었다.

자신 있게 치고 던져라.

기다리지 말고 먼저 공격해라.

팀워크를 깨지 않는 범위에서 네 마음대로 해라.

김인식 감독은 이런 주문을 했다. 때문에 그의 지휘 아래 있었던 두산 선수들은 다른 팀 선수들보다 기가 살아 있었다. 농담을 잘하고, 오버 액션을 하는 선수도 있었지만 승부 앞에서는 모두 맹수 같았다.

김인식 감독은 '미러클 두산'의 초석을 다졌다.

김경문 감독은 2004년 두산 지휘봉을 잡았다. 1982년 우승 때 박철순 선수의 공을 받았던 포수. 두산이 '포수 왕국'이 되기까지 큰 몫을 담당했던 코치. 이 정도가 당시 그에 대한 정보였다.

김경문 감독을 발탁한 건 두산 구단이 어떤 방향성을 제시한 것으로 보였다. 두산이 감독 선임에서 중요하게 여기는 건 명성이나 스타성이 전혀 아니라는 것을 웅변했다. 두산을 잘 알고, 두산 팀컬러에 걸맞은 야구를 펼칠 수 있는 인물을 원한다는 사실을 보여줬다. 이는 두산이 훗날 김태형 감독을 선임하는 이유와도 같았다.

김경문 감독은 강직했다. 당시 40대 젊은 사령탑이었던 그는 거침이 없었다. 젊은 선수들을 과감하게 기용했고, 선수의 기록보다 투지를 더 중요한 기준으로 삼았다. 신고 선수로 입단했거나 다른 팀에서 밀린 손시헌, 이종욱, 김현수 선수 등이 두산의 주전을 넘어 국가대표 유니폼을 입었다.

김경문 감독도 김인식 감독처럼 팀플레이를 강조했다. 김인식 감독은 베테랑들에게 기회를 많이 줬다. 그와 달리 김경문 감독은 젊은 선수들을 적극적으로 기용했다. 이기적인 플레이, 느슨한 플레이를 절대 용서하지 않았다.

선수들이 김경문 감독을 상당히 어려워했던 것으로 기억한다. 김경문 감독은 자신의 메시지를 말이 아닌 행동으로 전달했다. 아무리 성적이 좋은 선수라도 조금이라도 불성실하거나 엄살을 피우는 느낌이 들면 가차없이 라인업에서 빼버렸다.

김경문 감독 체제에서 성장한 선수들은 스타가 되었어도 루키처럼 열심히 뛰었다. 몸을 던져 뒹굴었고, 다시 일어나 달렸다.

2011년까지 이어진 김경문 감독 시대에 두산은 한

번도 우승하지 못했다. 2005년 한국시리즈에서 삼성에게 완패했고, 2007년과 2008년 한국시리즈에는 SK에게 역전패했다. 지금도 그는 "난 준우승 전문 감독"이라며 '자학 개그'를 한다.

언젠가 김경문 감독의 등번호 74번이 눈에 들어왔다. 혹시 특별한 이유가 있느냐고 물었다.

"어렸을 때 아버지 사업에 부침이 있었어요. 좋을 때가 있었고 나쁠 때도 있었죠. 선수 시절에는 부상을 많이 당했어요. 상대 타자 스윙에 머리를 맞아 혼수상태에 빠졌습니다. 프로 선수로 뛸 때 내내 허리 부상으로 힘들었어요. 그래도 역경을 딛고 더 강해지기도 했죠. 7은 러키세븐, 행운을 기원하는 의미예요. 그러면서도 항상 죽음(死)까지 생각해야 합니다. 감독은 최상의 상황과 최악의 상황을 모두 그리고 있어야 해요."

김경문 감독은 매일 7과 4 사이에서 외줄타기를 했다. 두산 선수들이 편하게 플레이할 리 만무했다. 김경문 감독이 주문하는 훈련 강도는 상당히 높았다. 무엇보다 시즌이 끝나는 날까지 긴장감을 늦출 수 없었다.

선수들은 딱 붙어 보면 안다. 힘과 스피드, 기술이 전부가 아니라는 사실을 그들은 본능적으로 느낀다. 상대 선수들은 두산 선수의 머슬(muscle, 근육)이 아닌 허슬(hustle, 투지)에 질린다.

김경문 감독은 2011년 스스로 팀을 떠났다. 두산에서 끝내 우승하지 못했지만 그는 위대한 유산을 남겼다. 강한 리더십 아래 일사분란하게 움직이고 싸우며, 지더라도 다시 일어나는 근성이 바로 그것이다.

김경문 감독은 김인식 감독이 만든 기반에 탄탄한 철근을 올렸다.

김인식 감독과 김경문 감독은 두산이 필요로 했던 감독만이 아니었다. 시대가 요구한 리더였다.

김인식 감독은 2002년 부산 아시안게임 국가대표팀 감독으로서 우승을 이끌었다. 2006년 WBC에서 미국·일본 등 세계 최강의 팀들을 이긴 끝에 4강에 올랐다. 2009년 WBC에서는 일본과 명승부를 펼치며 준우승을 차지했다. 최고의 선수들로부터 더 강한 힘을 이끌어내는 능력이 김인식 감독에게 있었다.

김경문 감독은 2008년 베이징 올림픽 지휘봉을 잡았다. 그가 이끄는 국가대표팀은 한국 야구 역사상 최초의 올림픽 금메달을 따냈다. 스무 살 김현수 선수를 승부처에서 기용한 건 놀라운 용기였다. 부진했던 이승엽 선수를 뚝심 있게 기용해 일본과의 준결승전, 쿠바와의 결승전에서 극적인 홈런을 터뜨리도록 도왔다.

한국 야구 역사상 가장 강하고 역동적인 순간들이 두산 출신의 두 명장으로부터 나왔다. 이는 두산 야구의 또 다른 자부심이다.

7TH INNING

삼김의 섬김

두산의 '양김(兩金) 시대'가 끝났다. 이후 두산은 잠깐의 침체기에 들어갔다. 2012년 3위, 2013년 준우승을 기록하고 2014년 6위로 내려앉았다.

두산 구단은 위기감을 느끼고 있었다. 성적도 성적이지만 선수단이 하나로 뭉쳐 싸우는 두산의 팀 컬러를 잃어가고 있다고 판단했다. 2015시즌을 앞두고 김태형 감독을 선임했다.

나는 김태형 감독의 등극은 김경문 감독 시대와 맥이 닿아 있다고 느꼈다. 1990년 OB에 입단한 김태형 선수는 김경문, 조범현 선수의 뒤를 이어 마스크를 썼다. 공격력은 약했지만 수비와 리더십이 뛰어난 스타일이었다. 1995년 한국시리즈 우승의 주역이었다.

우승을 경험한 뒤 김태형 선수는 최기문, 진갑용 선

수 등 뛰어난 후배 포수와 경쟁했다. 1999년에는 홍성흔 선수가 입단해 주전 마스크를 내주었다. 2001년에는 플레잉코치로 두산의 우승을 함께했다.

김태형 감독의 선수 시절 별명이 '불곰'이었다. 그는 강력한 리더였다. 덩치가 작고, 기량이 뛰어나지 않았지만 아무도 그를 얕잡아 보지 못했다. 후배와 곧잘 장난을 쳤지만 누구보다 엄한 선배였다. 구단으로부터 신임을 받는 편이지만 할 말은 하는 스타일이었다. 1998년부터 2000년까지 주장을 맡은 그를 두산 구단은 미래의 감독으로 점찍었다.

그가 주장이 된 직후 1998년 어느 날에 있었던 일화다. 그는 타이론 우즈를 잠실구장 라커룸 구석으로 데려갔다. 그리고 커튼을 쳤다. 거기서 어떤 일이 있었는지는 정확히 알 수 없다. 키 173센티미터의 그가 키 185센티미터의 우즈를 단번에 제압했다는 건 분명하다.

우즈의 타격이 대단했던 시기였다. 때문에 경기 MVP는 거의 매일 우즈가 차지했다. 김태형 주장은 우즈를 불러 세웠다. 그는 "MVP 상금으로 나오는 상품권을 다른 선수들과 나누자. 외국인이지만 너도 동료를 챙겨야 한다"고 말했다. 우즈는 반발했다.

그러자 김태형 주장은 커튼을 치고 '둘 만의 시간'을 보냈다. 그가 근육질의 홈런왕 우즈를 어떻게 휘어잡았는지 아직도 미스터리다. "커튼 안에서 무슨 일이 있었느냐"는 질문에 김태형 감독은 "그냥 커튼만 닫았다"며 웃었다.

장유유서를 모르는 우즈에게 나이를 앞세웠을 리는 없다. 분명 말싸움인데 몸싸움에 가까웠다는 전설 같은 말이 내려올 뿐이다.

우즈는 그의 말(사실은 겁박)을 알아듣지 못했다. 그런데 커튼이 닫혔다가 열린 뒤 두산 선수들이 자신을 대하는 태도가 확 달라진 걸 느꼈다고 한다. 김태형 주장이 자기 이익만 챙기는 우즈를 동료로 대하지 말라고 엄포를 놓은 것이다.

순식간에 '왕따'가 된 우즈는 자신의 잘못을 뉘우쳤다고 한다. 이후 우즈는 김태형 주장을 어려워하고 두려워했다. 우즈를 제압했으니 다른 선수는 말할 것도 없다. 팀워크를 해치는 선수를 용서하지 않았다. 라커룸 구석에서, 구단 버스 안에서 그는 커튼을 쳤다. 20세기 방식의 '군기 교육'이었다.

지금은 힘을 쓰는 시대가 아니다. 훈련에 지각하는

선수, 생활 태도에 문제가 있는 선수들에게 벌금을 부과한다. 커피를 돌리게 하기도 한다. 이는 감독이 아니라 주장이 결정하고 실행한다. 분위기가 느슨하면 군기를 잡는 것도 주장인 오재원 선수의 권한이다. 김태형 감독은 그걸 다 살펴보면서도 모르는 척 한다.

김태형 감독은 2015년 두산 지휘봉을 잡은 뒤 "김인식 감독님과 김경문 감독에게서 정말 많이 배웠다. 그분들의 말과 행동에 따라 선수들이 움직임이 어떻게 달라지는지 공부할 수 있었다. 두 감독님들의 좋은 점들을 배울 수 있었다"고 말했다.

김태형 감독은 "끝까지 포기하지 않는, 두산다운 야구를 하겠다"고 강조했다. '불곰'이 감독이 되자 두산 선수단은 바짝 긴장했다. 당시 최선참이던 홍성흔도 "나도 이제 나이가 꽤 많은 선배가 됐지만 아직도 감독님이 참 무섭고 어렵다. 오랜 시간 함께했지만 여전히 두려운 분"이라고 했다.

두산의 2015년은 2014년과 비슷해 보였다. 팀 타율이 0.293에서 0.290로 조금 떨어졌다. 홈런은 108개에서 140개로 늘었다. 장타가 늘어난 건 KBO리그 전체적인 현상이었다. 팀 평균자책점은 5.43에서 5.02로 조금 낮아졌다. 전체적으로 크게 개선됐다고 볼 수 없었다. 그러나 두산은 달라졌다. 승부처에서 더 강해졌다.

2015년 7월 24일 NC와의 창원 경기. 8회 공격이 진행될 때 김태형 감독은 김재호 선수를 불러 세웠다. 김태형 감독이 뭔가를 꾸짖는 듯했다. 김재호 선수는 고개를 숙인 채 열중쉬어 자세로 듣고 있었다. 이 장면이 TV 중계 화면에 잡혔다.

앞선 타석에서 김재호 선수는 내야 땅볼을 치고 1루로 천천히 뛰어갔다. 이때의 느슨한 플레이를 지적한 것이다. 사실 베테랑 선수의 이런 모습은 한 번쯤 눈감아 줄 수도 있었다. 그러나 김태형 감독은 그냥 지나치지 않았다. 둘의 대화는 카메라에 충분히 잡힐 수 있는 곳에서 이뤄졌다. 정색하고 혼낸 게 아니니 '커튼'을 치지 않았다.

"김재호 선수를 야단친 건 아닙니다. 한여름이라 체력적으로 힘들 때지만 열심히 해보자고 했어요. 선배가 지치면 후배들은 더 지치는 법이거든요."

김태형 감독의 말에는 힘이 있다. 개인보다 팀이 우선이라는 원칙에서 나오는 힘이다. 그는 언변이 좋고 위

트도 있다. 그러나 말수는 적다. 괜히 자신이 한 말에 갇히지 않겠다는 의도다. 말보다는 행동으로 보여주자는 뜻이다.

두산은 그해 정규시즌을 3위로 마쳤다. 넥센 히어로즈와의 준플레이오프를 앞두고 열린 기자회견에서 김태형 감독은 준비한 카드를 슬쩍 내밀었다.

"팀 승리도 중요하지만 너무 무리하는 거 아닌가 싶어요. 아무것도 모르고 감독이 시키니까 죽어라고 던집니다. 나중에 아마 후회할 거야. 무리하지 마."

김태형 감독의 말은 넥센 불펜의 핵심 조상우 투수를 향한 것이었다. 현장에서는 웃음이 터졌다. 적장 염경엽 넥센 감독도 못이기는 척 따라 웃었다. 그때 김태형 감독의 표정이 묘했던 것으로 기억한다. 툭툭 농담을 던지는 평소처럼 얼굴에 장난기가 보였다.

그러나 말의 내용은 장난이 아니다. 상대 팀 선수에게 너무 많이 던졌다고 하다니. 무리하지 말라니. 희한한 상황이었다.

단기전에서 조상우 선수의 강속구는 매우 위협적이다. 그렇다면 "조상우 선수를 경계한다"라고 하거나, "조상우 선수가 나오기 전에 리드를 잡겠다"고 말하는 게 보통이다. 그런데 너무 많이 던졌다고? 후회할 일 만들지 말고 미래를 생각하라고?

김태형 감독의 말은 월권이다. 상대 팀 선수에게 할 말이 아니다. 그런데 농담처럼 했고, 다들 그렇게 받아들였으니 염경엽 감독이 정색하고 대응할 수 없었다.

김태형 감독이 이렇게 밑자락을 깔자, 염경엽 감독의 전술은 위축될 수밖에 없었다. 김태형 감독의 말 때문에라도 조상우 선수의 투구 수를 다들 주목할 것이다. 행여 조상우 선수가 오버워크를 한다면 염경엽 감독에게 비난이 쏟아질 것이다. 다른 감독도 그렇지만 염경엽 감독은 선수를 혹사한다는 말을 끔찍이 싫어한다.

김태형 감독의 의도가 뭔지는 당시에는 알 수 없었다. 그러나 전쟁 시작 전 상대 진영을 크게 흔들어놓은 것만은 사실이다. 염경엽 감독은 준플레이오프 1차전에서 조상우 선수를 투입했다. 두산은 조상우 선수로부터 2이닝 동안 1점을 뽑아낸 덕분에 4대3으로 이겼다. 두산은 2차전을 3대2로 이겼고, 3차전을 2대5로 졌다. 3차전에서는 조상우 선수가 무실점을 기록했다.

두산은 4차전 중반까지 크게 뒤지다 9회 초 6점을 뽑아냈다. 11대9 역전승을 따내며 플레이오프에 진출했다. 9회 초 등판한 조상우 선수는 아웃카운트를 한 개도 잡지 못한 채 3피안타 3실점 하고 물러났다.

경기 전 인터뷰에서 김태형 감독이 한 말은 염경엽 감독과 조상우 선수를 향한 일종의 견제구였다. 주자의 발을 묶어놓으려 살살 던진 것 같았지만, 강속구처럼 빠르고 위협적이었다.

김태형 감독의 말이 어떤 영향을 미쳤는지 측정할 수는 없다. 그러나 염경엽 감독과 조상우 선수의 기세를 꺾은 것만은 사실이었다. 평소 농담과 독설을 교묘하게 잘 섞는 김태형 감독의 한 수였다.

두산은 NC 다이노스와의 플레이오프에서 3승 2패로 승리했다. 한국시리즈에 선착해 있는 팀은 2010년부터 2014년까지 4년 연속 통합 챔피언을 차지한 삼성 라이온즈였다.

한국시리즈에서 삼성과 두산이 맞붙은 건 2015년이 다섯 번째였다. 1982년 박철순 선수의 불꽃이 삼성을 꺾었다. 2001년 '미러클 두산'이 최강 삼성을 이겼다. 2005년, 2013년에는 삼성이 이겼다.

2015년 승부는 2001년 상황과 비슷했다. 삼성은 준플레이오프부터 치르느라 진을 뺀 두산을 힘으로 누를 준비가 돼 있었다. 두산은 한국시리즈 1차전에서 8대9로 역전패했다. 그러나 두 팀 사이에 흐르는 공기가 묘하게 바뀌었다. 2001년 1차전이 끝나고 내린 비가 반전의 실마리였던 것처럼 2015년에도 변수가 있었다. 삼성의 주축 투수 세 명이 해외 원정도박 혐의를 받아 한국시리즈 엔트리에서 빠진 것이다.

두산도 준플레이오프와 플레이오프 아홉 경기를 치르느라 투수력을 상당히 소모했다. 가을야구 열 번째 경기였던 한국시리즈 1차전을 내줬으니 두산의 에너지도 이제는 바닥난 것 같았다.

두 팀의 전력이 엇비슷해진 것일까? 두산의 2차전 선발은 더스틴 니퍼트, 3차전 선발은 장원준 선수였다. 선발 로테이션을 재정비한 두산은 2~5차전을 모두 이기고 역전 우승을 차지했다.

준플레이오프부터 시작해 올라온 팀이 한국시리즈 우승을 차지한 건 2001년 이후 처음이었다. 2002년부터 2014년까지 13년 동안에는 정규시즌 1위를 차지해 한국시리즈로 직행한 팀이 모두 우승했다.

KBO리그 포스트시즌은 계단식으로 진행한다. 정규시즌 3 · 4위가 준플레이오프에서 싸우고, 승자가 2위와 플레이오프에서 대결한다. 여기서 이긴 팀이 한국시리즈에서 정규시즌 1위와 만난다. 3위 또는 4위 팀이 절대적으로 불리한 승부를 뒤집는 건 기적이다.

2001년과 2015년 미러클의 주인공은 모두 두산이었다.

기적 같은 한국시리즈에서 가장 빛난 건 정수빈 선수의 투혼이었다. 그는 1차전에서 번트를 시도하다 왼손 검지를 공에 맞아 여섯 바늘이나 꿰매는 부상을 당했다. 통증을 참고 그는 계속 뛰었다.

단지 열심히 뛴 것이 아니었다. 14타수 8안타를 때리며 한국시리즈 MVP에 올랐다. 개인적으로 꽤 기분이 좋은 장면이었다. 난 2008년 캐나다 에드먼턴에서 정수빈 선수를 처음 봤다. 세계청소년선수권대회 국가대표였던 그는 진중하고 예의 바른 고교생이었다. 장난처럼 말을 걸어도 딱 필요한 말만 했다. 미소년 같던 '정수빈 학생'이 장성해 한국시리즈 MVP가 되는 과정을 지켜본 건 행운이었다.

한국시리즈가 끝나면 우승 팀 감독은 언론사를 방문한다. 치열한 승부를 마친 김태형 감독과 캐주얼하게 인터뷰할 수 있는 기회였다.

우승 비결을 다시 듣고 싶습니다.

"다들 두산 선수들이 '하나로 뭉쳐서 우승했다'고 합니다. 결국은 팀워크예요. 내가 뭘 구체적으로 지시한 건 없습니다. 딱 두 가지만 말했어요. '팀을 위해 최선을 다해라', '개인감정으로 야구 하지 마라'고. 삼진 한 번 먹었다고 인상 쓰면 팀 분위기가 나빠집니다. 작은 플레이도 악착같이 해야 한다고 당부했습니다."

'나는 한 게 없다', '운이 좋았다'는 말을 자주 하십니다.

"시즌 초 팀이 안정되지 않았을 때 하위권으로 떨어졌다면요. 아마 치고 올라올 힘이 부족했을 겁니다. 그런데 두산에는 악착같이 버티는 힘이 있어요. 하루 아쉽게 져도, 다음 날 멋지게 이겼습니다. 선수들이 잘해줬죠. 난 운이 좋은 겁니다."

입담이 좋은 데도 말을 아끼는 편입니다.

"감독으로서 적어도 500경기를 치러야 자기 생각을 말할 수 있다고 봅니다. 한 번 우승했다고 해서 '이렇게 준비했다', '이걸 잘했다'고 말하는 건 건방진 거죠. 선배들은 그런 걸 준비 안 했겠어요?"

그런데 조상우 선수를 두고 '말펀치'를 날렸습니다.

"그게 사실, 상대를 자극하려고 일부러 그런 건 아닙니다. 나중에 염경엽 감독이 '내가 형 스타일을 아니까 참는다'고 하더군요. 난 그냥 농담하듯 여유 있게 인터뷰를 하고 싶었어요. 선수들 앞에서 긴장하는 모습을 보이기 싫었으니까."

선수를 판단하는 기준은 뭔가요?

"베테랑들은 기록을 참고해 출전 여부를 정합니다. 젊은 선수들은 기세를 보죠. 삼진 당하지 않으려는 소극적인 모습은 별로 좋아하지 않아요. 꼭 이기겠다는 기세를 보여주는 선수를 믿고 씁니다."

김태형 감독의 말을 듣고 있으니 김인식 감독과 인터뷰 하는 느낌이 들었다. 선수들에게 공을 돌리고, 자신은 한 발 뒤로 빠지는 모습이 딱 그랬다. 강하고 거칠어 보이지만 김태형 감독은 그런 방식으로 선수들을 섬겼다.

생각해 보면, 김태형 감독의 행동은 김경문 감독을 닮았다. 주저리주저리 말하지 않고 명징한 메시지를 전했다. 팀플레이어를 중용하고, 최선을 다하지 않는 선수는 기록이 좋아도 과감히 뺐다.

인터뷰 자리에는 한국시리즈 MVP 정수빈 선수도 함께했다. 정수빈 선수가 김태형 감독이 말하는 기세 있는 선수다.

고교생 때부터 알아서인지 정수빈 선수는 날 보면 반갑게 인사한다. 그러나 기사가 되는, 톡톡 튀는 말은 안 한다. 꾸며서 말할 줄 모르는 그에게 별 기대 없이 물었다.

김태형 감독님은 어떤 분이셔?

선수에게 감독을 평가해 달라는 것만큼 우문이 없다. 자신의 기용권을 가진 감독에게 하는 말은 어느 정도 정해져 있다. 기회를 주셔서 감사하다거나, 겉으로 엄해 보여도 속은 따뜻한 분이라거나. 정수빈 선수는 의외의 답을 내놨다. 진심이 아니라면 나오기 어려운 말이었다.

"감독님은요, 감독님이 되기 위해서 태어나신 분이에요."

김태형 감독의 우승은 '삼김 시대'의 서막을 열었다. 김인식 감독이 만든 기반에 김경문 감독은 탄탄한 철근을 올렸다. 이 유산을 물려받은 김태형 감독이 멋진 건물을 올렸다.

8TH INNING
패배의 미학

어떻게 보면 야구와 기자는 하루살이다.

야구는 거의 매일 열린다. 승자와 패자가 갈리고, 감독과 선수의 성적은 정확하게 기록으로 드러난다.

기자도 거의 매일 기사를 쓴다. 그 결과에 대한 기록은 야구만큼 정확히 나오는 건 아니다. 그래도 기자들은 안다. 경쟁에서 내가 진 건지, 이긴 건지.

누구도 매일 이길 수 없다는 걸 나는 매일 배운다.

정말 중요한 건 어떻게 지느냐다. 패배의 이유를 남에게서 찾느라 자중지란하면, 또 다른 패배를 부를 뿐이다.

더욱 중요한 것은 지고 나서 어떻게 하느냐다. 실망하거나 포기하지 않고 같은 실수를 반복하지 않으면 기회는 반드시 온다.

가장 중요한 건 승부를 길게 보는 것이다. 오늘의 패배를 끌어안을 줄 알아야 한다. 오늘의 승리에 취하지 않아야 한다.

야구는 역전의 반복, 인생은 반전의 연속이다. 넘어져서 살갗이 찢어져도 뼈는 다치지 말아야 한다. 남들보다 위에 있을 때 주위를 한 번 더 돌아와야 한다. 나는 그걸 두산 야구로부터 배웠다.

2017년 11월 2일 한국시리즈 4차전이 열린 마산구장.

두산은 NC를 8대1로 완파하고 챔피언에 올랐다. 두산은 1982년, 1995년, 2001년 우승 후 이듬해 포스트시즌에 진출하지 못했다.

2015년 한국시리즈에서 우승한 두산은 과거의 징크스를 산산조각 냈다. 2016년 정규시즌에서 KBO 역대 최다인 93승을 거두며 우승한 것이다. 한국시리즈도 단 4경기 만에 끝냈다.

세상을 향해 마음껏 포효해도 좋은 순간, 카메라 앞에 선 김태형 감독은 우물쭈물했다. 그는 승부에서 져도, 큰 위기를 만나도 당당한 그가 왜 저러는 것일까?

"기쁘면서도 마음이 착잡하고……, 그렇습니다. 이

게 무슨 마음인지 모르겠는데. 말씀을 드리기는 좀 그렇고……."

취재진이 '혹시 김경문 NC 감독 때문에 그러느냐'라고 묻자, 김태형 감독의 속마음이 여과 없이 드러났다. 급소를 맞은 듯 숨을 쉬지 못하는 것 같았다. 말을 멈추고, 턱을 만지더니, 결국 눈물이 터졌다.

"제가 감독이라는 직업을 이제 겨우 2년 했지만……. (김경문) 감독님 옆에서 많이 배웠는데……. (프로에서는) 1등만 존재하는 것이기 때문에……. 하여튼 그렇습니다."

말 잘하는 김태형 감독이 이렇게 횡설수설하는 걸 처음 봤다. 스스로 부숴버린 말들. 그 사이에서 선배를 향한 미안함이 느껴졌다.

"제가 무슨 말씀을 드리겠습니까? 김경문 감독님은 800승을 하신 감독님입니다. 우리나라 최고의 감독입니다. 정말 많이 배웠습니다. 건강을 신경 쓰셨으면 좋겠습니다."

김태형 감독의 눈물보다 인터뷰가 더 먼저 멈췄다.

김경문 감독은 2012년 제9구단 NC 사령탑에 올랐다. 두산에서 보여줬던 리더십은 그를 KBO리그 최고 감독으로 평가받도록 했다. NC는 1군 무대에 데뷔한

2013년, 막내 돌풍을 일으키며 7위에 올랐다. 2014년과 2015년 연속으로 포스트시즌에 진출하더니, 2016년 정규시즌 2위를 차지한 뒤 한국시리즈에 올랐다. 김경문 감독이 NC에서 만든 미러클이었다.

두산은 한국시리즈에서 NC를 압살했다. 정규시즌 70승을 합작한 더스틴 니퍼트 선수, 장원준 선수, 마이클 보우덴 선수, 유희관 선수가 차례로 선발 등판해 NC 타선을 압도했다. 구원진은 이용찬 선수와 이현승 선수만으로 충분했다. 두산은 단 여섯 명의 투수만으로 38이닝을 2실점으로 틀어막았다.

두산의 압도적인 승리는 곧 NC의 치욕적인 패배였다. 두산 지휘봉을 잡자마자 2년 연속 우승한 김태형 감독. 팀을 옮겨서도 번번이 우승 문턱에서 주저앉은 김경문 감독. 야구의 신은 잔혹할 만큼 두 감독을 극적으로 갈라놨다.

김태형 감독은 더그아웃 반대편에서 담담하게 패배를 받아들이는 김경문 감독을 봤다. 선배와 후배였고, 코치와 선수였으며, 감독과 코치였던 둘의 27년 인연이 얽히는 걸 느꼈다.

2016년 한국시리즈는 운명의 장난처럼 막을 내렸다.

헹가래를 받고 하늘 높이 날아가는 순간, 김태형 감독은 심연으로 가라앉았다. 냉혹한 승부가 끝나자 둘은 뜨거운 동료로 재회한 것이다. 그냥 선후배가 아니라 함께 울고 웃었던 '두산 동료'로서 말이다.

두산의 2016년 우승도 쉽지만은 않았다. 10년 동안 두산에서 활약한 간판타자 김현수 선수가 메이저리그 볼티모어 오리올스로 떠났다. 국가대표에서도 중심타선을 맡는 김현수 선수의 공백은 너무나 커 보였다.

한 선수의 큰 공백을 메우려고 여러 선수가 합심했다. 백업 외야수였던 박건우 선수가 타율 0.335, 홈런 20개를 때렸다. 젊고 빠른 선수가 급성장하자 두산 외야진에 활력이 돌았다.

뿐만 아니라 출전 기회가 많아진 김재환 선수가 데뷔 후 처음으로 풀타임을 뛰었다. 타율 0.325, 홈런 37개를 터뜨리며 KBO리그 정상급 타자로 우뚝 섰다. 오재일 선수도 주전급으로 도약하며 타율 0.316, 홈런 27개를 기록했다. 김현수 선수의 구멍을 메우는 정도가 아니라 세 선수가 한꺼번에 주전으로 도약한 것이다. 두산은 당분간 질 것 같지 않았다.

2017년의 출발은 의외로 더뎠다. 시즌 전 월드베이스볼클래식(WBC)에 출전했던 선수들 대부분이 부상과 부진에 시달렸다. 에이스 니퍼트 선수의 구위도 떨어졌다. 보우덴 선수 역시 부진했다. 전반기를 마칠 때 두산은 5위였다.

두산의 뒷심은 무서웠다. 후반기 승률 7할을 기록하면서 시즌 막판 선두 KIA 타이거즈와 공동 선두에 올랐다. 결국 KIA에 두 경기 차 뒤진 2위로 정규시즌을 마감, 대반전을 완성하지는 못했다.

김태형 감독은 플레이오프에서 김경문 감독을 운명처럼 다시 만났다. 두산은 3승 1패로 NC를 다시 눌렀다. 1년 전처럼 김경문 감독의 가을 야구는 잔인했다. 그가 이끌었던 팀, 그가 아끼고 키웠던 선수들이 김경문 감독을 꺾었다.

2017년 한국시리즈는 시작 전부터 달아올랐다. 정규시즌 우승팀 KIA는 2009년 우승 후 8년 만에 한국시리즈 우승에 도전했다. 두산 선수단은 차분했다. 두산은 3년 연속 챔피언십을 바라보고 있었다. 업셋의 명가 두산은 플레이오프를 거쳤어도 자신감을 갖고 있었다. KIA와 대등하게 싸울 것이라 생각했다.

두산은 한국시리즈 1차전을 5대3으로 이겼다. 이제 오히려 두산이 유리해진 것 같았다. 그러나 두산은 2~5차전을 모두 내줬다. 김경문 감독이 그랬던 것처럼, 김태형 감독도 아픈 패배를 두려움 없이 끌어안았다.

"굉장히 힘든 한 해였습니다. 선수들 몸이 안 좋아서 올해는 준플레이오프 정도에 나갈 전력으로 생각했습니다. 선수들과 코치들이 예상보다 훨씬 잘해줬습니다. 그들에게 고맙습니다. 그래도 지면 아쉽습니다. 패배의 책임은 감독이 지는 것입니다."

2018년 두산에는 상당히 큰 변화가 있었다. 제1선발 니퍼트 선수와 재계약하지 않았다. 대신 롯데 자이언츠에서 뛰었던 투수 조쉬 린드블럼 선수를 영입했다. 또 다른 외국인 선수 세스 후랭코프 선수와도 계약했다. 주전 외야수 민병헌 선수는 자유계약선수(FA) 자격을 얻어 롯데로 이적했다.

시즌이 시작하자마자 두산은 무섭게 질주하기 시작했다. 린드블럼 선수는 15승 4패, 평균자책점 2.88을 기록했다. 그의 피칭은 롯데 시절과 엇비슷했다. 그러나 두산 선수들의 탄탄한 수비 지원을 받고 훨씬 뛰어난 성적을 올릴 수 있었다. 땅볼 유도가 많은 후랭코프 선수도 비슷한 효과를 봤다.

든 자리는 몰라도 난 자리는 안다고 한다. 두산에서는 통용되지 않는 말이다. 난 자리가 기억나지 않을 만큼 뛰어난 선수들이 계속 들어왔다.

김재환 선수는 44홈런을 터뜨리며 1995년 김상호 선수, 1998년 타이론 우즈 선수에 이어 세 번째로 '잠실 홈런왕'에 등극했다. 타점 타이틀도 따낸 김재환 선수는 정규시즌 MVP까지 차지했다.

투수 리드는 물론 타격에도 물이 오른 양의지 선수는 타율 0.358, 홈런 23개를 쏘아 올렸다. 2루수 최주환 선수는 타율 0.333, 홈런 26개를 때려냈다. 두산이라는 화분에서 스타라는 열매가 주렁주렁 열렸다.

두산은 2018년 정규시즌에서 93승 51패를 기록했다. 2016년과 같은 일방적인 독주였다. 위기라고 할 만한 순간조차 없이 정규시즌을 마쳤다. 팬들은 '어우두(어차피 우승은 두산)'라 했다.

꽃길만 걸었던 정규시즌, 그래서 웅덩이를 보지 못했던 걸까? 두산은 플레이오프를 치르고 올라온 SK 와이번스를 만나 한국시리즈 1차전을 3대7로 내줬다. 두산은 2위 SK보다 14.5경기 차 앞선 절대 강자답지 않았다. 두산은 2차전을 7대3으로 이겼다. 그러나 3차전을 앞두고 김재환 선수가 옆구리 부상을 입고 전력에서 빠졌다.

가뜩이나 한국시리즈에 앞서 두산 불펜의 핵심인 김강률 선수가 부상으로 이탈한 터였다. 4번 타자마저 이탈하자 두산의 기세가 확 꺾였다. 두산은 2승 4패로 한국시리즈 우승을 SK에게 내줬다.

한국시리즈가 끝난 뒤 인터뷰실에 들어온 김태형 감독의 표정은 생각보다 편안해 보였다. 2년 연속 우승에 이은 2년 연속 준우승. 그가 어떤 말을 할까 궁금했다.

"우리 선수들은 시즌 내내 온몸에 테이핑을 하면서 열심히 뛰었습니다. 결과가 안 좋았을 뿐 선수들은 정말 잘했습니다. '너희가 최고의 선수들이다. 한국시리즈에서 졌다고 실망하지 말라'고 말했습니다. 지난 1년 동안 정말 고생 많았고, 고마웠다는 말을 선수들에게 꼭 전하고 싶습니다. 부족한 점을 보완해 다시 우승에 도전하겠습니다."

김태형 감독은 끝까지 선수들을 다독였다. 그는 직설과 위로를 상황에 따라 잘 썼다.

2019년은 2018년과 정반대였다. 시즌 초 두산은 SK와 선두 경쟁을 했다. 6월 이후에는 주도권을 완전히 빼앗겼다. 8월 중순에는 아홉 경기 차까지 뒤졌다. 두산은 오히려 3위 키움 히어로즈의 맹렬한 추격을 받았다.

그래도 두산은 조급해 보이지 않았다. 잡을 경기는 반드시 잡아가면서 승리를 쌓아갔다. 마침 독주하고 있던 SK의 타격 부진이 심각해지고 있었다. 두산은 야금야금 SK를 따라잡더니 마지막 144번째 경기에서 역전승을 거뒀다. SK와 똑같이 88승 1무 55패를 기록했다. 정규시즌 상대 전적에서 9승 7패로 앞선 덕분에 두산은 한국시리즈에 직행했다. KBO리그 사상 최다 경기 차 정규시즌 역전 우승 기록이었다.

SK는 플레이오프에서 키움에게 3전 전패했다. 두산은 한국시리즈에서 키움을 4전 전승으로 이겼다. 역전과 반전으로 범벅된 2019년 가을의 주인공은 두산이었다. 세 번째 우승을 맛본 김태형 감독은 우승 인터뷰에서 이렇게 말했다.

"그동안 팀을 떠난 선수들이 많았습니다. 그러나 다른 선수들이 잘해줬습니다. 특히 양의지 선수의 자리를 잘 메워준 박세혁 선수가 고맙습니다. 감독 첫해에는 선수들을 확 휘어잡았습니다. 이제는 그럴 필요가 없다는 걸 알게 됐습니다. 두산 선수들은 알아서 잘 뭉치고, 결국 잘해냅니다."

김태형 감독 부임 후 두산은 5년 연속 한국시리즈에 진출했다. 그 가운데 세 번을 우승했다. 숫자만 보면 꾸준히 잘한 것만 같지만, 실상은 그렇지 않았다. 매년 선수들이 빠져나갔고, 매번 다른 길을 갔다. 두산의 2019년은 울퉁불퉁했다. 한국시리즈가 끝나고 며칠 후 김태형 감독을 따로 만날 기회가 있었다.

4월 28일 양상문 롯데 감독과 대치한 상황을 얘기해 주세요.

"몸에 맞는 공이 나와서 정말 앞뒤 안 보고 뛰어나갔습니다. 선수들이 다쳐서 격분했고, 눈에 보이는 사람들에게 험한 말을 했습니다. 제가 잘못한 거죠. 감독으로서 배워나가는 과정이었습니다."

6월 1일 이영하 선수의 '벌투 논란'도 있었습니다.

"이영하 선수가 시즌 초부터 워낙 잘 던졌잖아요. 평균자책점도 좋았고요. 그런데 훈련 태도가 전과 다르다고 느꼈어요. 등판하지 않는 날에는 살살 몸 풀다가 캐치볼 열 개 정도 하다가 들어가요. 그리고 1회 던지는 공이 시속 135킬로미터 이렇게 나와요. 영하한테 이유를 물어보니까 (힘을 아껴서) 긴 이닝을 던지기 위해서라고 하더라고. 그건 아니지. 선발 투수한테 가장 중요한 이닝이 뭐예요? 1회와 5회잖아요. 그런데 젊은 투수가 1회부터 살살 던지면 안 되죠. 그날 평균자책점이 많이 올라갔어요. 그땐 그럴 필요도 있었다고 생각합니다. 그 다음에요? 훈련 태도가 싹 달라졌습니다."

이영하 선수는 KT 위즈전에서 4이닝 동안 투구 수 100개를 기록하며 13실점 했다. KBO리그 사상 두 번째로 많은 한 경기 실점 기록이었다.

투구 수가 많은 건 아니었지만 기록 관리와 선수 보호를 위해 이영하 선수를 미리 교체했어야 했다는 비판도 있었다. 이영하 선수는 시즌 첫 패를 당했고, 2.27이던 평균자책점이 3.88로 치솟았다. 김태형 감독은 벌을 줬다고 말하지 않았다. 그러나 이영하 선수가 각성하도록 일부러 충격을 줬다는 사실도 부정하지 않았다. 이영하 선수는 정규시즌을 17승 4패, 평균자책점 3.64로 잘 마쳤다. 프리미어12 국가대표팀에도 선발됐다.

팬들과 미디어의 비난이 신경 쓰이지 않았나요?

"그것보다는 우리의 야구를 하는 것이 더 중요하다고 생각합니다. 내가 비난을 받는 게 문제가 아니라 팀이 이기는 게 우선이죠. 감독 첫 시즌 니퍼트가 부상을 입었어요. 믿을 만한 선발 투수가 장원준 선수밖에 없었습니다. 그래서 장원준이 등판하는 날 불펜 승리조를 집중 투입했어요. 어려울 때니까 잡을 경기만큼은 확실하게 잡으려는 거였죠. (불펜을 다 쓰고 난 뒤) 크게 지는 날도 있었어요. 팬들께 죄송했습니다. 그래도 감독은 욕을 먹으며 그런 결정을 해야 합니다. 대신 선수들은 한 경기도 포기하지 않습니다."

'우리의 야구'라.

"상황에 따라 우리가 할 수 있는 최선의 야구입니다. 힘쓴다고 잘하는 건 아니거든요. 다른 팀이 우리 앞에서 달려 나가도, 우리는 우리 계획대로 가는 겁니다. 우리가 조금 뒤로 처지더라도 무리하지 않는 겁니다. 그러다 보면 앞에서 넘어지기도 하거든요. '우리의 야구'를 하면 그 기회를 놓치지 않을 수 있습니다. 코치들이 뭔가 서두르려 하면 제가 뜯어 말립니다."

2015년 우승과 2019년 우승이 딱 그랬다. 상대를 의식하지 않고 두산의 야구를 할 때 우연처럼 기회가 왔다. 두산은 그걸 꽉 움켜잡았다. 2017년과 2018년 패배를 통해 두산은 더 강해지고, 더 독해졌다.

9TH INNING
사람이 미래다

2010년 어느 날로 기억한다. 잠실구장 두산 더그아웃 취재를 마치고 기자실로 돌아가던 길에 김승영 두산 단장을 우연히 만났다. 나는 위로 비슷한 걸 했던 것 같다.

우승 기회를 자꾸 놓쳐서 아쉬우시겠습니다.

"아쉽다니요? 야구계에서 저만큼 복 받은 사람이 어디 있겠습니까? 감독님과 코치, 선수들에게 고마울 뿐입니다."

김승영 단장은 허허 웃으며 말했다. 평소 빈말 같은 건 할 줄 모르는 그의 한마디. 명언이나 선언이 아니었지만 묵직한 울림이 있었다. 두산 구단, 두산 사람을 더 유심히 보게 된 계기였다.

그때는 두산의 상승세가 조금 꺾인 시기였다. 2007년과 2008년 한국시리즈에서 SK에 패한 두산은 2009년 플레이오프에서 SK를 또 만났다. 두산은 1 · 2차전을 먼저 이기고 3 · 4차전을 내줬다.

운명을 건 5차전. 김현수 선수가 홈런을 때려 두산이 리드를 잡았다. 그러나 2회 내린 폭우로 경기가 중단됐고, 결국 노게임이 선언됐다. 포스트시즌 사상 첫 노게임이었다. 2001년 한국시리즈 2차전을 앞두고 내린 비는 두산 편이었다. 8년 후에는 두산을 등졌다.

하루 뒤 다시 열린 5차전에서 두산은 3대14로 대패했다. 포스트시즌에서 SK에게 당한 세 번째 패배는 쓰디썼다. 가을비는 한 번은 희극으로, 또 한 번은 비극으로 내려 두산 더그아웃을 적셨다.

우승 기회를 세 번이나 놓친 두산은 내리막길을 걸었다. 2009년 KIA가 한국시리즈 챔피언에 올랐고, 2010년 SK가 삼성을 꺾고 다시 정상을 차지했다.

우승은 팬들에게 즐거움과 자부심이다. 감독과 선수들에게 돈과 명예다. 구단 직원들에게는 승진과 보너스의 기회다. 준우승 팀 구성원은 자칫 '우승하지 못한 책임'을 질 수 있다. 준우승을 하느니 4강에 들었다가 탈

락하는 게 나을 수도 있다.

프로야구를 취재하면서 준우승 감독, 준우승 사장과 단장이 단명하고 물러나는 사례를 여러 번 봤다. '2등 이하는 모두 패배자'라는 인식이 프로야구를 지배하고 있었다. 우승 찬스를 눈앞에서 세 번이나 놓쳤으니 나는 관습적으로 김승영 단장을 그렇게 위로한 것이다. 나의 우문에 그는 현답을 내놨다.

하강기에도 두산 구단은 흔들리지 않았다. 김승영 단장은 자신의 전문 분야인 마케팅 · 관리 업무에 집중했다. 스카우트 · 육성 · 트레이드 등은 김태룡 운영본부장에게 더 많은 권한을 줬다. 개인적인 욕심을 내지 않으니 조급해하지 않았다.

김승영 단장은 2011년 야구단 대표이사 사장으로 승진했다. 그때 상황은 더 나빴다. 두산은 5년 만에 4강 아래로 추락했고, 김경문 감독이 물러났다. 그러나 두산 그룹은 내부 인사를 야구단 사령탑으로 올렸다. 동시에 김태룡 본부장을 단장으로 승진 발령했다.

공식적인 인사 배경은 '김승영 대표이사는 단장을 역임하며 팀을 여섯 번이나 포스트시즌으로 이끄는 수완을 발휘했다. 또한 마케팅 전문가로서 두산 이미지 제

고에 큰 힘을 보탰다'였다. 김태룡 단장은 경기인 출신으로 선수단 운영을 잘한 점을 인정받았다.

보도자료에 나오지 않는 진짜 이유가 따로 있다고 나는 생각했다. 그전까지 야구단 사장은 그룹의 인사가 맡아왔다. 단장이 실무를 책임지고, 사장은 그룹과의 네트워크에 비중을 두는 게 보통이었다. 단장도 그룹에서 오는 경우가 대부분이었다.

야구단 실무 직원이 부장과 단장을 거쳐 대표이사에 오른 사례는 김승영 사장이 처음이었다. 경기인 출신 말단 직원이었던 김태룡 본부장의 단장 승진도 같은 맥락이다. 야구단에서 오래 일한 이들의 전문성을 인정하는 인사였다. 그것도 두산 야구가 가장 어려울 때, 그룹은 구단에 강한 메시지를 줬다.

우승하지 못한 걸 실패로 여기지 않는다는 것, 최선을 다해 일하는 사람에게 책임을 묻지 않는다는 것, 사람이 두산의 미래라는 것이다. 인재 육성을 중시하는 두산의 가치는 선수단뿐 아니라 구단에도 동등하게 적용되고 있었다.

김승영 단장이 사장으로 승진했다고 달라지는 건 없었다. 그 자리에 맞는 역할을 할 뿐이었다. 김태룡 단장도 마찬가지였다. 단장이 된 후 감독 선임, FA 계약 등 어려운 문제와 부딪힐 때 김태룡 단장은 이렇게 말했다.

"나는 두산에서 분에 넘치도록 많은 걸 받은 사람입니다. 개인적인 욕심을 낼 수는 없어요. 두산 야구단이 강한 이유는 '인화' 덕분입니다. 서로 협력하며 각자 최선을 다하도록 도울 뿐입니다."

두산은 2012년 말 FA 홍성흔 선수를 영입했다. 두산에서 뛰다 4년 전 롯데로 떠난 선수를 다시 데려온 것이다. 두산이 국내 다른 팀에서 뛴 FA를 영입한 건 처음이었다. 그 대상이 두산 출신이라는 점이 인상적이었다. 2014년 말 더 놀라운 일이 벌어졌다. 롯데 왼손 에이스 장원준 선수와 4년 총액 84억 원에 계약한 것이다.

김태형 감독은 "구단에 딱 한마디만 했습니다. '장원준이 시장에 나왔습니다'라고요. 그리고 기다렸더니 구단이 진짜로 장원준을 영입했습니다"라고 말했다.

김승영 사장은 "안 그래도 장원준 선수 영입을 몇 년 전부터 계획했습니다. 안정감 있는 왼손 투수가 우리 선발 로테이션에 들어가면 상당히 큰 효과가 있을 것으로 기대했습니다"라고 말했다.

이 정도 규모의 운영비 증액은 당시 박정원 구단주

(현 두산그룹 회장)의 결재가 필요하다. 박정원 구단주는 단번에 OK 사인을 했다고 한다. 야구단 최고 전문가인 사장과 단장의 요청이니, 이유도 묻지 않고 들어준 것이다.

그룹의 지원을 등에 업은 김승영 사장은 장원준 선수를 만나 계약에 성공했다. 장원준 선수를 영입하려고 여러 팀이 경쟁했으나 두산이 이겼다. 계약 조건을 떠나 두산의 우승 가능성과 팀 분위기가 장원준 선수의 마음을 움직였다고 한다. 2019년 우승 후 김태형 감독은 "구단에서 2015년 FA 장원준을 영입한 덕분에 여기까지 올 수 있었습니다"라고 말했다.

김태룡 단장은 단장 부임 후 세 차례나 우승을 맛봤다. 2019년 우승 후 그는 예전과 비슷한 말을 했다.

"선수단과 구단이 안정된 덕분이라고 생각합니다. 그래서 모두 한 팀이죠. 저는 30년째 두산에서 일하고 있습니다. 각 팀의 부장들도 28년, 29년째 근무하고 있어요. 특별한 문제가 없는 한 각자 잘할 수 있는 일을 하면서 서로 돕습니다."

시간이 지나 몇몇 사람이 바뀌었어도 두산 구단의 시스템과 문화는 달라지지 않았다. 2017년 7월 취임

한 전풍 대표이사 사장도 김태형 감독과 김태룡 단장의 전문성을 존중하며 구단을 이끌고 있다. 김태형 감독은 "전풍 사장님은 조용히 지켜보시고 지지해주십니다. '편하게 하소'라는 말만 하십니다"라고 했다.

박정원 두산그룹 회장은 평소 야구장을 자주 찾는다. 일반 팬들과도 잘 어울린다. 두산이 2019년 9월 26일 최종전에서 정규시즌 역전 우승을 확정하자 박정원 회장은 주먹을 불끈 쥐며 환호했다. '회장님'이 아니라 '열성 팬' 같은 모습이었다.

김태형 감독은 "회장님이 야구를 정말 좋아하십니다. 그런데 응원만 하시고 다른 말씀은 없습니다. 매년 전지훈련지에 오셔서 맛있는 식당 알려주시고, 좋은 술 소개해주시는 거죠"라고 말했다.

각자의 위치에서 최선을 다하는 것, 서로의 전문성을 존중하는 것, 사람이 모여 인화를 만드는 것이 두산이 추구하는 가치다. 쉬워 보이지만 흉내 내기 어려운 두산의 자산이다.

항상 그 자리를 지키는 두산 사람들은 또 있다. '최강의 10번 타자'라고 불리는 두산 팬이다. 2001년 11월 잠실구장에서 열린 '곰들의 모임'을 취재했을 때 수백 명의 팬들이 모여든 장면을 보고 깜짝 놀랐다. 선수들과 사진을 찍고, 사인을 받으며 행복해하는 그들의 모습이 아직도 잊히지 않는다.

두산 팬들은 다른 팀 팬들과 조금 다른 점이 있는 것 같다. 선수들의 실수와 실패를 잘 끌어안는다는 점이다.

외국인 선수가 처음 도입된 1998년 OB로부터 1라운드 지명을 받은 선수는 타이론 우즈가 아니라 에드가 캐세레스였다. 타격(타율 0.250)은 약하지만 2루 수비가 아주 견실한 선수였다.

캐세레스는 1998년 LG 트윈스와의 준플레이오프 1차전에서 프로야구 포스트시즌 사상 최초로 끝내기 실책을 저질렀다. 7대7로 맞선 연장 10회 말 평범한 땅볼을 캐세레스가 뒤로 빠뜨려 OB는 7대8로 졌다. OB는 2차전도 패하며 가을야구를 허무하게 끝냈다.

내가 아는 1호 두산 팬 작은형은 당시를 아주 생생하게 기억하고 있었다.

"너무나 뼈아픈 실책이었지. 아쉽지 않다면 거짓말일 거야. 그런데 말이야? 나와 베어스 동호회원들은 캐세레스를 원망하지 않았어. 1년 동안 정말 열심히 해준

걸 알고 있거든. 그게 진짜 두산 팬이야."

두산 가을야구 역사에서 캐세레스만큼 비극적인 주인공이 2008년 김현수 선수였다. 그해 정규시즌 타격왕(0.357)이었던 그는 SK와의 한국시리즈에서 3차전과 5차전에서 결정적인 병살타를 때렸다. 잘 맞은 타구가 SK 내야진의 시프트 수비에 연달아 걸렸다. 두 번 중에 한 번이라도 안타를 쳤다면 2008년 한국시리즈는 다른 결말에 이르렀을지도 모른다.

야구인생 최고점에서 낭떠러지로 떨어진 김현수 선수는 두문불출했다. "나 때문에 졌다"는 심한 자책감에 시달렸다.

두산 팬들은 우승을 놓친 아쉬움보다 젊은 김현수 선수에 대한 걱정이 더 컸던 모양이다. 한국시리즈가 끝난 직후 김현수 선수의 개인 홈페이지에는 수백 개의 글이 달리기 시작했다.

"현수 선수 힘내세요!"

"현수 선수 덕분에 여기까지 왔습니다. 절대 기죽지 마세요."

많은 두산 팬들이 좌절한 선수를 일으켜 세웠다. 그리고 꼭 안아줬다. 팬들도 최선을 다하고 있다.

김태형 감독은 2015년 부임하자마자 "우리 팀 주전 포수는 양의지"라고 말했다. 당시 두산에는 젊은 포수들이 성장하고 있을 때였다. 이런 경우 보통의 신임 감독은 여러 선수를 경쟁 구도로 몰아넣는다. 긴장감을 불어넣기 위해서다.

김태형 감독은 양의지 선수를 처음부터 포스트에 세웠다. 투수를 포함해 여덟 명의 동료를 마주보는 유일한 포지션, 팀플레이가 가장 필요한 포지션의 주인을 정했다. 포수 출신 감독의 신념이었다.

양의지 선수는 2015년 공격과 수비 모두에서 최고의 활약을 펼쳤다. 그 덕분에 두산은 한국시리즈 정상에 올랐다.

김태형 감독은 양의지 선수가 달라짐으로써 두산이 더 강해졌다고 믿었다. 양의지 선수의 공 배합이나 타격 때문만은 아니었다.

"양의지가 달라졌어요. 투수에게 공을 줄 때 정성스럽게 닦아서 주더라고. 별거 아닌 것 같지만, 작은 것부터 동료를 위하기 시작한 겁니다."

원래 양의지 선수는 느긋한 움직임과 능글맞은 표정 탓에 오해를 받기도 했다. 김태형 감독은 그를 주전 포수로 정하면서 주인의식을 갖게 했다.

흙 묻은 야구공을 양의지 선수가 맨손으로 쓱쓱 닦아서 투수에게 주는 장면을 김태형 감독은 사소하게 보지 않았다. 작은 일에서부터 동료를 배려하는 모습이 큰 변화를 이끈다고 믿었다.

사람과 사람, 그리고 그들의 관계를 만들어가는 건 언제나 누구에게나 어렵다. 그걸 가장 뼈아프게 절감한 팀이 1994년 OB였다. 당시 선수들이 감독에게 반기를 들어 팀을 무단이탈한 사건은 프로야구 역사의 얼룩으로 남았다.

김인식 감독은 1995년 부임 후 어수선한 분위기를 빠르게 수습했다. 탈권위적이고 선수의 자율성을 중시한 김인식 감독의 리더십 덕에 두산은 상명하복의 시대와 작별할 수 있었다.

두산은 팀의 지향점을 처음부터 다시 고민했다. 달라진 시대와 바뀐 환경에 적응하기 위해 많은 시행착오를 거쳤다. 새로운 시스템을 만들고, 미래를 개척하는 건 역시 사람이 하는 일이다. 노력하고 희생한 만큼 대우하고, 개인플레이보다 팀플레이를 우선하는 문화를 여러 사람이 오랜 시간 동안 만들었다. 두산다운 사람을 존중하고, 두산다운 야구를 추구한 것이다.

2019년 한국시리즈 챔피언에 오른 두산을 보고 오랜만에 취재 의욕에 불탔다. 양의지 선수가 떠났어도 팀이 흔들리지 않은 비결이 궁금했다. 정규시즌 아홉 경기 차를 극복한 비밀이 알고 싶었다. 데이터 야구로 무장한 키움을 꺾은 뒷얘기도 있을 것 같았다.

그러나 누구도 내 호기심을 채워주지 못했다. 김태형 감독과 김태룡 단장은 놀랍거나 새로운 얘기를 하지 않았다. 몇 가지 에피소드를 말해줬지만 2015년, 2016년 우승 스토리와 비슷한 것 같았다. 이야기에 등장하는 일부 선수만 달라졌을 뿐이다.

어쩌면 내가 기대한 이야기는 처음부터 없었는지 모르겠다. 일단 내가 물어볼 사람이 바뀌지 않았다. 감독과 단장은 물론 담당 직원들도 거의 그대로였다. 그들은 그들이 했던 방식대로 했을 뿐이다.

이런 바탕에서 구단은 내일을 계획하고 대비한다. 선수단은 내일이 없는 것처럼 오늘 뜨겁게 싸운다. 그것이 두산 사람들의 과거이며 현재다. 또한 그들의 미래다.

EXTRA INNINGS

두산과 휴먼볼

북오션으로부터 두산 베어스 이야기를 책으로 만들자는 제안을 받았을 때 덜컥 겁이 났다. 책 한 권을 쓸 만큼 아는 게 없는데 어쩌지? 쓰다 보면 아주 길고 재미없는 기사가 되는 게 아닐까?

고민 끝에 쓰기로 했다. 내가 보고 들은 얘기를 두산 팬들과 공유하자는 가벼운 마음으로 결심했다. 어린 시절 OB에 관한 기억, 기자가 되어 두산을 취재한 기록을 쓰다 보니 에필로그에 다다랐다.

야구 기자가 되자마자 두산을 취재할 수 있었던 건 행운이었다. 두산 베어스를 구성하는 선수들, 코칭스태프, 구단 사람들을 보면 그들이 왜 강한지, 어떻게 지속성을 가지는지 공부할 수 있었다.

두산 야구단 임원진이나 감독 · 코치들로부터 '섹시한' 코멘트를 들은 경험이 별로 없다. 그들은 진솔하게 답하지만, 과장하고 포장할 줄 모른다. 두산 선수들도 다르지 않다. 선수들은 팀워크, 허슬플레이 같은 말을 하지 않는다. 한 발 더 뛰고, 한 시간 더 훈련하고, 한 번 더 희생하며 행동으로 보여준다.

야구는 개인플레이와 팀플레이의 배합에 따라 전혀 다른 결과를 낸다고 생각한다. 아무리 뛰어난 타자도 아홉 개의 타순 중 하나를 맡을 뿐이다. 동료보다 더 많이 타격할 수 없다. 아무리 훌륭한 수비수라도 혼자 다 막아낼 수 없다. 동료와 함께해야 한다.

장타가 안 터지면 연타로 득점할 줄 아는 팀이 두산이다. 수비수 사이로 빠질 것 같은 타구를 가장 잘 잡아내는 팀이 두산이다. 개인 기록의 총합보다 팀 기록이 더 뛰어난 팀이 두산이다. 그걸 가능하게 하는 힘은 신뢰이고, 투지이며, 팀워크다.

한국 야구대표팀이 국제무대에서 가장 뛰어난 경쟁력을 보인 대회가 2006년 월드베이스볼클래식(WBC)

이다. 당시 미국은 롱볼(longball, 개인의 힘과 능력을 중시하는 야구)의 상징이었다. 일본은 세계 최고의 스몰볼(smallball, 정교한 기술과 작전을 중시하는 야구) 팀이었다. 야구 역사가 훨씬 길고, 더 많은 메이저리거를 보유한 두 팀을 한국은 모두 이겨 봤다. 박찬호 선수가 스즈키 이치로를 제압했고, 이승엽 선수가 알렉스 로드리게스보다 더 잘 쳤다. 그때 한국 야구는 휴먼볼(humanball, 선수들 마음을 움직여 팀을 하나로 만드는 야구)로 불렸다. 한국이 가장 잘할 수 있는 야구를 김인식 감독이 구현했다.

한국 야구대표팀은 2008년 베이징올림픽에서 9전 전승을 기록하며 금메달을 따냈다. 김경문 감독이 이끌었던 한국이 일본 · 쿠바를 꺾은 원동력은 힘과 기술이 아니었다. 탄탄한 팀워크, 촘촘한 조직력, 서로에 대한 신뢰였다. 휴먼볼이었다.

한국 야구대표팀의 역동성, 두산 베어스의 미러클은 어쩐지 많이 닮았다. 한국 야구의 길을 두산이 찾아가는 것 같다. 미러클 야구의 선구자 김인식 감독이 2009년 WBC 준우승과 2015 프리미어12 우승을 이뤄낸 건 우연이 아니다.

한국 야구대표팀의 또 다른 이름은 '국대 베어스'다. 2010년 이후 대표팀에서 두산 선수들 비중이 계속 늘고 있다. 2015년 프리미어12와 2017년 WBC 엔트리 28명 중 두산 선수들이 여덟 명에 이르렀다. 김경문 감독이 지휘봉을 잡은 2019년 프리미어12 대표팀에는 두산 선수들이 일곱 명(김재환, 이용찬, 박건우, 허경민, 박세혁, 함덕주, 이영하)이나 있었다. 뿐만 아니라 양의지, 김현수, 민병헌 등 얼마 전까지 두산을 이끌었던 선수들이 세 명 더 있었다.

야구 팬들은, '미러클 두산'의 시대를 살고 있다.

Miracle
Doosan
Bears